# 마음

고향말로 쓰는 편지

# 마음

## 고향말로 쓰는 편지

도서출판 님Nim

| 차례 |

| 책을 엮으며 |

# 표준말은 '내가 무엇을 말하는가'를, 고향말은 '우리가 누구였는가'를

살아있는 말과 살아있는 이야기들이 편지에 담겼습니다. 사투리, 방언, 지역어, 탯말, 모어, 제땅말 등으로도 불리는 고향말로 썼습니다. 제주도, 전라남북도, 경상남북도, 충청남북도, 강원도, 평안남도를 고향으로 둔 열다섯 사람이 필자입니다.

고향말로 쓰는 편지는 발신자와 수신자가 유대감을 확인하는 글이라고 해도 좋겠습니다. 고향말이 안겨주는 유대감은 특별히 따뜻하고 깊습니다. 슬픔을 말해도 흉이 되지 않을 것 같은 안온한 유대감입니다.

'이 사람이 나에게 돌아왔다는 느낌'

'우리가 같은 땅에 살았다는 동질감'

'이 표현을 할 때 우리가 어디에서 어떻게 울고 웃었는지를 아는 공감'

'설명하지 않아도 이해하는 사이'

표준말로 쓴 편지의 중심이 '내가 무엇을 말하는가'에 있다면, 고향말로 쓴 편지의 중심에는 '우리가 누구였는가'가 배어 있습니다. '전달'과 '귀환'이라고 압축할 수도 있겠습니다.

표준말은 말의 정확성을 중심으로 둡니다. 정보를 가장 경제적으로 전달하는 데 유효한 말이라고 할 수 있겠지요. 맥락과 의미의 안정성을 앞세우는 거리 조절 언어라고 생각됩니다. 그에 비해 고향말은 정보를 주지 않아도 의미가 생긴다고 할 수 있겠습니다.

고향말로 편지를 쓰는 것은 표준말로 쓰는 것보다 어렵습니다. 표준말은 언제든 한 발 물러설 수 있지만, 고향말은 물러설 자리가 없기도 합니다. 감정을 숨기기 어렵고, 말하는 순간 자기의 정서적 위치가 드러나며, 관계의 깊이를 감당해야 하는 것이 고향말의 특징 중 하나입니다. 그런 면에서 많은 사람들이 고향말로 쓴 편지를 부치지 못하거나 혼자 간직할지도 모릅니다.

비슷한 맥락에서, 고향말은 때로 자기 성찰의 거울이 되기도 합니다. 고향말로 소통하던 그, 혹은 그녀가 했던 말의 내용은 기억이 안 나지만, 그 어투와 감정은 기억에 남아 있습니다. 그것은 때로 시심이 되기도 하고 그리움의 원천으로 작동되기도 합니다. 그때 그 사람들에게 나는 어떤 존재였는지, 나는 어떤 사람이 되고 싶었는지를 문득 돌아보게 하는 힘이 고향말에 있습니다.

이 책을 엮는 일은 언어, 기억, 공동체 복원을 전래의 말 속에서 찾아보려는 시도입니다. 고향말은 현재 사적인 공간에만 남아있습니다. 공적인 기록물을 작성하는 영역에서 배제되고 있습니다. 우리는 고향말이 더 이상 개인의 말투가 아니라, 기록가치가 있는 언어로 격상되기를 꿈꿉니다. 각 지역에서 오랜 시간 숙성되어온 말들이 남길만하며, 사용될만한 말로 회복되는 한 걸음을 거들고 싶었습니다.

우리 사회가 각 지역의 말들을 촌스럽다, 교양이 부족하다, 표준어를 못 배운 흔적이다라고 여기지 않기 바랍니다. 고향말로 쓴 우리들 편지가 밤길의 가로등이 되기 바랍니다. '사유를 담고, 윤리를 말하고, 사랑과 죽음을 공감하는 언어'로 삶의 가치를 밝혀주는 작은 빛 말입니다. 지역어 천시는 언어의 문제가 아니라 인위적으로 부여된 위계였으니까요.

고향말은 젊은이들에게 교과서에 없는 삶의 문법을 알려줄 터입니다. 어떤 문화유산 못지않게 세대 간 연결 장치가 되어줄 것입니다. 정치적 구호 없이 지역의 개성과 동질감을 함께 회복시키는 그 말들이, 이 땅에서 사람들이 어떻게 말하며 살았는가를 확인시키고, 우리를 유구한 서사의 주체로 돌려놓아 줄 것입니다.

이 책자를 계기로 고향말로 편지를 쓰는 기회를 갖는 분이 많아지면 좋겠습니다. 고향말은 편지글에 참으로 어울리는 것 같습니다. 고향말을 사용해 마음을 표현하는 일이 생각보다 쉽지 않다는 분들이 계십니다. 고향말을 꽤 많이 잊었다는 것을 깨닫고 당황하는 분들도 계십니다. 1970년대, 텔레비전이 본격적으로 보급된 이후 표준말을 많이 듣고 말을 배운 세대들은 더욱 그렇더군요.

그렇게 고향말들이 점차 표준말에 잠식되었습니다. 많이 잊었고 많이 잃었습니다. 새삼 고향말로 쓴 편지 모음집을 출간한 까닭은 그러한 현상을 두렵게 여겨서일지도 모릅니다. 세계적으로는 2주마다 하나씩 부족어, 민족어가 소멸되고 있다고 해요. 결결이 다채로운 문화가 스며든 말, 역사가 깊은 말들의 소멸을 막아서는 조그만 능동성을 편지로 표현해본 셈입니다.

흘러간 시간 속의 정겨움만을 강조해서 현재성을 제거하는 고향말은 지속성이 없습니다. 이 책자의 편지들은 고향말을 미래에도 지속해야 할 삶의 언어로 삼았습니다. 사회의 구조를 돌아보고 사유의 그릇을 넓혀주는 편지글들을 통해 고향말에 대한 이해와 관심이 커지기를 기대합니다.

각 편지 뒤에 붙인 '지역말의 풀이'에서 지역과 말을 띄어 쓰는 것이 맞춤법에 맞지만, 이 책에서는 지역과 말을 붙여 '하동말' '진천말'처럼 고유명사화 했습니다. 고향말들을 인격화하고 싶었습니다. 어떤 말들은 표준말 띄어쓰기 교정을 하지 않았습니다. 고향말 리듬을 살리려고요.

엮은이 조정

**조정** | 시를 씁니다. 2000년에 한국일보 신춘문예로 등단했고, 시집 세 권과 장편동화 한 권을 출간했습니다. 두 번째 시집 『그라시재라』는 고향인 전남 영암 지역 말로 썼지요. 거창평화인권문학상과 노작문학상을 받았어요. 시를 쓰는 일 외에 인권, 환경에 관심이 많아요. 인권 침해나 환경 침해를 주시하는 사람이 많으면, 피해를 줄이는 데 힘이 된다고 생각합니다. 시와 더불어 사는 세상을 꿈꾸곤 합니다.

# 30년 늦은 안부 묻습니더

둥둥 (부산)

님들요, 벌써로 30년도 더 지났네예.

이름도 모르고, 제대로 이바구 나눠본 적도 없는 님들인데, 어째 이래 잊아뿌지를 않는지예. 마 바람맨치로 오다가다 스친 인연이지마는서도, 앞으로 30년이 더 흐른다 캐도 저한테 남은 님들 모습은 여전히 또렷할낍니더.

대학 1학년 여름방학 때였지예. 처음 해보는 아르바이트였어예. 친구들은 과외나 커피숍 서빙을 고민할 때, 저는 신문 광고 보고 신발 맹그는 '삼화고무'라카는 공장을 찾아갔다입니꺼. 그때만 해도 부산이 제조업 경기가 좋을 때라가꼬 공장들이 천지였어예.

공장에도 사람들이 바글바글했어예. 출퇴근 버스가 있었는데예, 낡고 찌그러진 버스가 아침에는 끝도 없이 사람들을 배타내고예, 저녁에 더위가 살짝 가실라 카면 새까만 사람들을 후루

룩 빨아들이가꼬 굴러갔지예. 저도 그 속에 섞이가 떠밀리듯이 다니는 기, 꼭 낯선 데를 여행하는 거 같아가 신이 났었습니더.

돌아 보믄 삼화고무에서 일한 내내 저는 재밌었어예. '띠롱' 카믄서 출근 카드 찍는 거는 장난감 갖고 노는 거 같았고예. 에어콘은 꿈도 몬 꾸던 시절이라가꼬, 땀 범벅된 옷이 몸에 찰싹 달라붙어가 일하는 것도 재밌었어예. 우짜다가 두 팔을 핀 거보다 더 큰 선풍기 앞을 지나갈 때 선풍기를 향해가 입을 크게 벌리믄예, 뱃속까지 시원한 기 또 얼마나 재밌었다고예.

일도 안 어려벘습니더. 어린 아르바이트생이라꼬 신발 맹그는 공정 맨 끄트머리 콘베아에서 다 만들어지가 나오는 신발에 치수 스티카 딱딱 붙이는 거나, 신발 택을 총으로 싸서 매다는 거, 빡스에 차곡차곡 넣는 거같이 숩고 간단한 일만 시키데예. 어짜다 실수를 해도 야단도 벨로 안치고, 일이 손에 익을 때까정 기다려주기도 했어예. 시커먼 콘베아 돌아가는 속도에 공장 안에 사람들이 전부 다 딱딱 맞차가 착착 움직이는 거도 재밌고예. 그 바쁜 와중에도 간간이 이바구 주고 받으믄서 척척 일해내는 거도 짜릿했어예. 계속 콘베아에 운동화가 올라오다가 어느 날 갑자기 장화가 떡 올라오믄, 내일은 어떤 신발이 올라오겠노 싶어 궁금해가 기다려지기도 했지예.

한 날은 위층에 가게 됐는데예, 거기는 신발 제작 초기 단계

인 고무를 다루는 데였어예. 아흐, 지독한 본드 냄새하고 고무 냄새가 섞이가 코를 찌르는데, 저도 모르게 헙! 하고 입을 틀어막았다입니꺼. 열기는 또 얼매나 엄청나던지예, 꼭 싸우나 안에 들어온 거 같았어예. '우와! 여서 일하는 사람은 진짜 힘들겠네!'카는 생각이 들면서도, 신발 모양이 딱 갖차지기 전에는 이런 과정이 있는갑다 싶어가 신기하기도 했지예. 입에서 아이고 소리가 나올라 칼 때면 점심시간, 쉬는 시간, 퇴근 시간이 귀신같이 착착 돌아왔고예, 퇴근할라꼬 뒷정리할 때는 흥얼흥얼 노래도 나왔어예.

근데예, 실은 그 시절이 제 가슴에 찌르르하게 박힌 거는예, 재미졌던 그 하루하루 시간이 아이라, 화장실에 20분입니더. 눈코 뜰 새 없이 바쁜 콘베아 위에 하루보다도 더 길었던, 비잡고 드러븐 화장실에 그 20분 말입니더.

님들, 기억하시지예? 오전에는 쉬는 시간이 엄꼬, 점심시간하고 3시에 쉬는 20분이 다였다입니꺼. 그라이 화장실 갈 시간이 그때뿐인 기라예. 지금 같으믄 말도 안 되는 환경인데, 그 시절에는 그기 당연한 거맨치 따랐었지예. 그 시간이 되가 콘베아가 딱 서면 사람들이 벌떡벌떡 일나가 우루루 나갔지예. 저는 워낙 땀을 많이 흘리는 체질이라가꼬 온몸에 물이라는 물은 땀으로 다 나와삐가, 화장실이 급할 건 없었어예. 그래도 안 가면 혹시나 나중에 마려브머 안되니까 가기는 갔는데예, 빨리 가봐야 비잡은 데서 줄이나 설꺼다 싶어가 느적느적 갔어예.

화장실에 처음 들어갔을 때 풍경을 저는 잊을 수가 없습니더. 칸마다 줄 선 사람이 엉키가 난리인 거는 둘째고예, 바닥이 온전신에 흥건한데다가, 화장실 나무 문틈에서 질질 흘러나온 오줌하고 섞이가 찌리한 냄새가 진동했다입니꺼. 마, 저는 신발 바닥에 묻을까 봐 저절로 뒤꿈치가 들어질 정도였다니까예. 근데, 그때 제 시선이 딱 멈춘 곳은예, 화장실 구석 축축한 바닥에 쪼그리고 앉아가 담배 피던 님들이었습니더. 그 더운 데서 뻘건 불을 빽빽 땡기고, 똥그랗게 마란 몸이 줄 선 사람들 발에 툭툭 채이믄서도 후우, 후우 연기를 배타내던 님들예. 어짜다가 연기하고 같이 허공을 떠댕기는 님들 눈빛캉 마주치기라도 하믄예, 저는 어째야 할지 모르겠데예. 잘못한 거도 없는데 괜히 잘못한 기 있는 거 같아가 눈이 파르르 떨리가꼬, 퍼뜩 고개를 돌리고 줄을 찾아 섰다입니꺼.

인자 제가 그때 님들 나이가 돼 갑니더. 아직도 그때 제 마음이 콕 꼬집어 뭐였는지, 님들 기분은 또 어떤 거였는지 알지 못합니더. 그냥 그 풍경이 고대로 가슴에 탁 박혀 있는기라예. 그래도 어렴풋이나마 생각되는 거는, 얼매나 고단하싰겠노 하는 거 하납니더.

콩나물시루 겉은 통근버스, 실수라도 하믄 날아오는 삿대질에, 콘베아보다 쪼매만 느려도 자식뻘 되는 완장 찬 사람한테 타박 듣고예, 암만 아프고 힘들다 캐도 '그딴 사정!'하맨서 쳇바퀴 맨치 돌아가는 공장이었다입니꺼. 님들의 그 고단함을 달래주는 거라고는 20분의 연기뿐이 없었겠다 싶어예.

방학 끝나고 얼마 안 돼가 공장이 문 닫았다는 소식을 들었습니더. 아이고, 그 일을 목숨줄로 여기맨서 매달리 있던 님들인데, 어째 됐겠노? 하는 생각이 들데예.

제 가슴에 남은 또 다른 님들이 있습니더. 진짜로 짧은 순간 스칬지예. 제대로 눈 맞춘 적도 없어가, 형체하고 공간만 기억에 남은, 저보다 어린 님들예.

겨울 방학 때였지예. 신문 광고를 보고 찾아갔는데, 허름한 그물 공장이었습니더. 첫날에 안내 직원 따라 일할 자리로 가는데예, 머시 사람도 벨로 읎꼬, 기계 소리도 안 들리고, 뭔 열기도 하나도 읎는 기, 여가 제대로 돌아가는 공장이 맞나 싶었어예. 쥐새끼 하나 읎는 복도를 지나가 문을 열고 들어가니까네 억수로 넓은 공간이 나왔는데예,

콘베아는커녕 책상 하나도 엄시 휑한 기, 낮인데도 동굴처럼 컴컴해가 무서버서 발이 안 떼짔다입니꺼. 근데 맞은편 구석에 무리 지어 앉아 있는 님들 형체가 보이데예. 크지도 않은 덩치에

웅크리가꼬 쪼꼬만한 의자에 앉아 있더만예. 그라고 이내 타는 냄시가 코를 찔렀지예. '누구고? 구석에 모이가 뭐 하노? 저기 일하는 기가? 이 냄시는 또 머꼬?' 싶어가 한 발 한 발 가까이 다가가는 동안에 저는 님들한테서 눈을 안 떼고 살폈다입니꺼. 님들 곁을 지나칠 때사 또렷이 보였어예.

'어! 내보다 어린 여학생들 아이가!'

웅크리가꼬 작은 기 아이라 어려서 작은 거였어예. 단발 아이면 꾸민 거 없이 무깐 머리에 비슷비슷한 얼굴하고 비슷비슷한 옷을 입은 여학생…. 님들은 제가 지나가도 고개도 안 돌리고, 밧줄 더미를 잡고 앞에 놓인 벌겋게 달가진 철사에 갖다 대 자르는 일만 계속 하데예. 치이익. 치이익. 밧줄 더미가 뭉텅뭉텅 잘릴 때마다 먹구름 같은 연기가 피어나가 어둠 속으로 흩어졌지예.

저는 그 일을 다른 데서 어른들하고 했습니더. 표정 없는 사람들하고 있으이까네 저도 표정이 없어지데예. 로보트맨치 치익 치익하믄서 밧줄 끊어내는 일만 반복했어예. 그라다가 옆 사람한테 살짜기 물어봤다입니꺼. 님들은 어떤 사람이냐고예. 낮에는 이래 일하고, 저녁에는 야간학교 가가 공부하고 기숙사에서 잔다고 하데예.

일이 적어졌다 해가 저는 며칠 뒤에 공장을 그만뒀어예. 님들하고는 말도 한 번 안 해보고, 밝은 데서 얼굴 한 번 못 봤지예.

지대로 만난 적이 없으이까네 헤어졌다고 하기도 그렇고, 님들한테 언니가 돼줄 것도 아인데 와 님들 모습이 저한테 이래 또렷한가 모르겠습니더. 공장이 잘 돌아가가 제가 더 오래 다녔으면 오다가다 말도 걸고, 분식집 가가 떡볶이도 먹으믄서 수다도 떨고 그랬으까예? 음악다방에서 파르페도 시키 묵으면서 제 처지도 한탄하고, 님들 처지도 들어주맨서 재밌게 지냈으모 좋았을 거 같은데, 그렇지 않습니꺼, 님들.

쫍은 내 반경이 전분 줄 알았고, 내 눈에 비는 빛깔이 다인 줄 알았던 제가 딴 세상에서 만난 낯선 빛깔의 님들요, 30년도 더 지나가꼬 인자사 안부 묻습니더. 우찌 지내고 계신교?

삼화고무 님들요, 아픈 데 없이 잘 계싰으면 좋겠습니더. 혹여 돌아가싰더라도, 담배 연기 대신 향기로븐 꽃냄새 맡으맨서 팬하게 계시이소.

얼굴도 모르는 동생 님들요, 진짜로 고생 많았대이. 어데서든 가족들캉 오순도순 행복하게 잘 살고 있으이소.

⁑자기 소개

**둥둥** | 본명은 김민선이라꼬 합니다. 광고디자인을 배았었는데 적성에 안 맞아가꼬 때리치아삐고, 유치원하고 어린이집에서 일했습니다. 돌아보이까네 제가 아덜한테 가르친 거보다 배운 기 더 많은 거 같데예. 딸내미 둘이를 학교에 보내맨서 혁신학교 학부모단체 활동을 하고 있고예, 가리느까 동화 쓰는데 재미들리가 쌔가 빠지게 동화 쓰고예, 그림책도 긁적긁적 하맨서 삽니더. 근데예, 제가 한마디만 해도 됩니꺼? 쫌 인간들이예, 다른 생명들 사는 데 가마 쫌 나났으면 좋겠습니더. 가덕도 같은데 씰데없이 공항 만든다꼬 헤지바뿌지 말고예. 안 그렇습니꺼?

# 아부지, 이 편지 어디로 부칠까요?

김부원 (진천)

아부지,

초지녁별이 오랫만에 빙아산 장등 위로 보입니다. 그러고 보니 하늘 한 번지대로 쳐다볼 새도 읎이 뭐가 그리 바빴나 모르겠습니다.

엄니가 시래기를 삶으시려고 한뎃부엌 고쿠락에 등크럭을 넣어 불을 지펴 놓으셔서 타는 불꽃 디다보며 부수깽이로 밑불을 끄러모댔다가 허치면서 비시감치 앉아 제 인생의 잇음매디에 걸려있는 추억들을 하나 둘 내려보고 있습니다.

날이면 날마다 일 잘하는 황배기를 위해 뽐뽀샘물 길어다 부은 세죽솥에 깍지짱에서 어렁이 가득 여물을 가져다 넣고 쇠물빡 한가득 고운딩게 얹어, 구수한 세죽 냄새로 새벽을 깨우시던 아버지 생각이 납니다. 지금은 일소 키우는 집도 읎구, 닭도 알내기로 키우는 집이 웅태형네 뿐이라, 거기가 가야 암탉 몇마리 거

느린 빨간 장닭이 히구제쳐 홰치는 소릴 들을 수 있을 뿐입니다.

요껍디기와 옷가지 몇 개 걷고 이것 저것 비씨서리를 하시던 엄니가 소금바가지를 들고 오시자, 문득 "요놈, 또 오줌 쌀거야?" 하고 부수깽이로 키 위를 때리시며 가지고 간 바가지에 소금을 부어주시며 웃으시던 뒷집 할머니가 생각나고, 다른 애들은 다 주고 왜 나만 안 주시냐고, 마땅히 받을 것 못 받은 양 볼멘소리 하던 제게 채 여물지도 않은 풋밤을 낫등으로 발라 주머니 마다 채워주시던 뒷집 할아버지도 그립습니다. 도구통에 김이 모락모락 나는 삶은 메주콩을 넣고 도구탱이로 찧던 모습도 사라진 지 이미 오래되었습니다. 나무지고 오다가 산감이 온다는 소리에 지게째 내팽개치고 도망가 집집마다 문단속하던 모습은 지금 생각해도 웃음이 지절로 나옵니다.

아부지, 제가 벌써 일흔입니다. 아부지보다도 십 년 하고도 사 년을 더 살고 있는데 이 큰 동네에 저보다 어린 노인회원이 서 넛밖에 없습니다. 봄이면 참꽃 꺾어들고 왼종일 산과 들 냇가를 호디기 불며 뛰어댕기고, 파내기나 투가리 조각 모뎌서 통곱질하고, 여름이면 빙아산 밑에서 멱감다가, 꽃갈라리, 중타리, 새뱅이, 기름챙이, 동방아, 징기미, 가재, 베틀올갱이, 뱜장어 잡고, 서늘바람 불면 황가치, 미띠기, 깨구락지 구워먹고, 나마리도 잡으며 겨울이 되면 자치기, 딱치기, 시케또 타던 동무들은 거의 다 고향을 떠나 삽니다.

아부지, 생각나세요?

지게지고 삭주가리, 화라지, 고주배기 낭구하러 댕기다가 엉아하고 산토깽이 한마리 잡아 의기양양 집에 왔는데 산 짐승 잡아왔다고 뒤지게 혼내셨지요?

그런데 볶아놓으니까 드셔서 엄니가 막 놀리기도 하셨지요. 또 국민핵교 5학년 겨울방학때 엄니와 가마니 치시다가 제 작은 손에 제 키보다 찌다란 대바늘을 쥐어주시고 짚멕이는 법 가르쳐 주셨지요. 제가 제법 짚을 멕이자 대견한 듯 하얗게 웃으시던 모습이 지금도 눈에 선합니다.

아부지, 이맘때 겨울밤이면 잊혀지지 않은 한 분이 생각납니다. 그때만 해도 때 거르는집이 두 집 건너 하나는 되는 시절이라 고운 버릿게로 개떡을 쪄서 먹기도 했는데, 할머니와 일 안하고 때리기만 하는 아부지에 여섯 남매까지 식구가 아홉이나 되는 수복이형네는 버릿게도 읎어서 매일밤 수복이형 엄니가 열바가지를 안고 저녁밥 먹은 집 소두방을 몰래 열고 눌은밥을 긁으셨지요.

어느 날 밤마실 갔다오셔서 우리집 부엌에서 소두방을 열고 눌은밥을 긁으시는 수복이형 엄니를 발견하시곤, 엄니에게 솥바닥 독독 긁지말라 하시면서, 버리밥이든 스숙밥이든 한그릇

넣어놓게 하셨습니다. 아부지께서 은하수 배를 타시던 날 아부지 은혜 못 잊는다고 하시며 엄니보다 더 섧게 우셨지요. 아부지께서 쌓으신 그 덕으로 저희들이 잘 산다고 믿습니다.

아부지, 국민핵교 6학년 때, 담임선생님께서 하신 말씀 때문에 갖게되신 '고시패스'라는 아부지의 저를 향하신 꿈을 저버리고, 잡기장마다 그림으로 채우는 바람에 성적은 떨어지고, 종아리가 성할 날이 읎을 정도로 참 많이도 맞았는데, 결국 아부지처럼 농사꾼이 되니 그게 죄송할 뿐입니다.

작년 농사는 씨갑시가 션찮았는지 들깨,생강,콩을 심었는데 하나같이 벨루여서 헛심만 뺀거 같아요. 비에 원대궁까지 사그러져 다 된 농사 많이 베려버렸지  뭐예요. 올핸 뭘 심을지 좀 봐서 정하려구 해요. 사시사철 까락, 검북디기,탑시기 뒤집어 쓰고, 그것도 모자라 겨울에도 낭구하고 오양뒤움 지게 바소꾸리에 실어 덤탕으로 져내는 게 싫어 농사는 안하겠다고 아부지가 지시던 지게까지 내다버렸는데 운명의 굴러바뀌는 어쩔 수가 없나 봅니다.

얼마전에 지게를 다시 장만했거든요. 그래도 아부지께 감사하고 자랑스럽게 여기는 것은, 남의 것 욕심내지 말고 정직하게, 우리보다 못 한 사람들 까니보거나 모른체 하지 말고 형편을 시아리며 살라고 갈쳐주신 것입니다. 덕분에 고지식하다는 말도 적잖이 듣기도 합니다만, 저 또한 아이들을 아부지께서 갈쳐주신 대로 빤디끼 살도록 키워 나름대로 잘 살고 있으니 후회는 읎습니다.

아부지, 벌써 떠나신 지 서른 하고도 일곱해가 됐습니다. 지금은 어느 별에 머물고 계신지요? 엄니와 제 꿈에라도 종종 오시고 품개자리에서 뵐 수 있도록 가차운 별에 계시면 좋겠습니다. 사는 게 힘들때 품개자리에 가면 아부지가 계신 듯, 논둑 끝 물둥지에 물품개를 잡고 계신 아버지를 뵙는 듯 편안했는데, 어젠 아니오신 듯 답답하여 봇둑에 철푸디기 앉아 펑펑 울다 왔습니다. 엄니를 잘 못 모신다고 서운하여 안 오신건지… 죄송합니다.

아부지도 잘 아시다시피 제 승질머리가 엔간해야 말이죠. 게다가 한자리에 오래 머물지 못하는 성격 탓에 아부지 떠나신 후 서른 해 넘게 유별나신 엄니 비위맞추며 살다보니 장배기는 훤해지고 주변머리도 읎어져 별일 아닌 것도 심에 부치면 내동 잘하다가도 저도 모르게 꺼떡하믄 딥다 큰소리가 나옵니다. 엄니가 아부지 곁으로 가시면 한이 될까봐 삼가야지 하면서도 그게 좀 잘 안됩니다. 어따대고 하소연도 못하니 더 심이 듭니다.

그렇다고 병이 깊어질대로 깊어진 형을 거드는 형수에게 맡길 일도 아니고, 그렇다고 전화는 커녕 디다보두 않는 조카나 자식들에게기댈 일도 아니라서 전다지 제 목어치라 여기고 남은 생을 나누어 끝까지 살펴드릴 거니까 염려마세요. 들꽤 마당질할 때 저와 맞도리깨질을 하셔서 보는 사람이 놀래자빠질 정도였다니까요?

그래도 가끔 엄니에게 오셔서 "다른 것 신경쓰지 말고 당신만 위해 살라"고 말씀해 주시면 좋겠습니다. 택도 읎겄지요 아부지?

저도 한 今동무니 인생은 산 셈이라서 꿈저거리는 것도 귀찮을 때가 많고 새벽잠이 부쩍 늘어 둔눈채로 해가 복판에 이를 때까지 소대생이처럼 둥굴어댕기는 날이 늘어갑니다.

아부지,

아부지께서 포대기로 업고 다니시던 큰녀석은 공주병에서 아직 헤어나오지 못한 채 싱글로 있구요. 증손자 다엘이는 육 개월째인데 건강하고 총명해 보입니다. 참, 끄트매기 옥이네 아들지훈이가 양력슬 이틀 전에 아들을 낳았는데 미국인으로 살아서 그런지 눈도 크고 코도 큼직한 녀석이 잘 생겼습니다. 첫째와 둘째 모두 할머니가 되어 잘 살고 있는데 형네 식구들이 좀 어렵습니다.

엄니가 살아계시니 언제 될 일인지는 몰라도 아부지께서 제게 주신 집과 터는 형네 주기로 했고, 나머지 논과 밭은 사남매가 골고루 나눌 예정입니다. 엄니가 볏짚을 고쿠락 앞에 두시더니 산내끼를 꼬시네요. 감나무 가쟁이 친 거 묶는다고… 아흔 셋에 저리 정정하십니다. 얼마전에 꽤집 묶으신다고 칠가지넝쿨 끊어 오시고요. 여튼 빌나긴 빌난 분입니다.

그나저나 아부지,

이 편지 어디로 부쳐드려야 하는지요? 항아월궁에 혹 계시진 않는지요? 이백과 송강이 자주 만난다는 소문도 들리던데 달에 계시면 달빛에 실어 보내드리겠습니다. 혹여 못 오신다면 창가에 걸어놓을 테니 달이 밝은 날 바람이 넘기는 대로 비추어 보셔도 될 것같아요. 꽃다지와 나싱개가 올라오는 따뜻한 봄날에 다엘와  품개자리에 한번 가겠습니다. 그 날 꼭 오세요.

빗날이 듣네요. 사는 날이 길어질 수록 눈물 또한 많아집니다.

이만 줄입니다.

새해를 맞으며 작은 아들 올림

⁑자기 소개

**김부원** | 안녕하세요. 저는 올해 70세 된 30년 여름지기 시조시인 김부원입니다. 2016년 12월부터 시조시인 나순옥 선생님 문하에서 배움을 갖고 있고 2020년 6월 월간문학 시조 부문 신인상으로 등단하였습니다. 현재 진천문협, 포석문학회, 충북시조시인협회, 뒷목문학회원으로 활동중이며, 2022년 출간한 시조집 『품개자리』가 있습니다. 전국시낭송전문가협회 시 낭송가로도 활동 중입니다.

【충북말 풀이】

- 가쟁이: 가지
- 가찹다: 가깝다
- 갈쳐주다: 가르쳐주다
- 검북디기: 검부러기
- 고쿠락: 아궁이
- 고운딩게: 등겨
- 고주배기: 그루터기
- 기름챙이: 기름종개
- 까니보다: 깔보다
- 깍지광: 여물간
- 꺼떡하믄: 까딱하면
- 꽃갈라리: 수컷 피라미
- 꿈저거리다: 몸을 놀려 일하다
- 끄러모디다: 그러모으다
- 낭구: 나무
- 나싱개: 냉이
- 내동: 지금까지
- 덤탕: 두엄탕
- 도구통: 절구통
- 도구탱이: 절굿공이
- 동방아: 통가리
- 둔누다: 드러눕다
- 등크럭: 등걸
- 디다보다: 들여다보다

- 딱치기: 딱지치기
- 미띠기: 메뚜기
- 바소꾸리: 발채
- 버리밥: 보리밥
- 버릿게: 보릿겨
- 베틀올갱이: 다슬기
- 부수깽이: 부지깽이
- 비시감치: 비스듬히
- 비씨서리: 비설거지
- 빌나다: 별나다
- 빤디끼: 바로
- 삭주가리: 삭정이
- 산내끼: 새끼
- 새뱅이: 새우
- 세죽솥: 쇠죽솥
- 소대생이: 잠꾸러기
- 소두방: 소댕, 솥뚜껑
- 쇠물빡: 쇠죽바가지
- 스숙밥: 조밥
- 슥동무니: 석동무니
- 시케또: 스케이트
- 시아리다: 헤아리다
- 어링이: 어리
- 오양뒤움: 외양간 두엄
- 요껍디기: 욧닛
- 원대궁: 줄기

- 잇음매디: 매듭
- 장등: 산마루
- 장배기 : 정수리
- 전다지: 전부, 몽땅
- 중타리: 버들치
- 징기미: 징거미
- 찌다란: 긴
- 참꽃: 진달래
- 철푸디기: 철퍼덕
- 초지녁별: 샛별
- 통곱질: 소꿉놀이
- 투가리 : 뚝배기
- 파내기: 자배기
- 허치다: 흩어지게 하다
- 호디기: 호드기, 버들피리
- 화라지: 화목용 긴 나뭇가지
- 황가치: 방아깨비
- 황배기: 황소
- 히구제치다: 잘난 체 우쭐하거나 기세 좋게 행동하다

# "니 시이 전화 왜서 안 받나?"

김양진 (삼척 북평)

얼마전 고향 친구한테 전화 한통이 왔습니다.

"야~ 양지이, 니 시이 전화 왜서 안 받나?" 대낮에 걸려온 전화기 속 목소리가 귀에 닿자마다, 찌릿하고 묵은 기억들은 물론 몸속에 새겨진 말 습관이 깨어났습니다. 생각이 끼어 들 겨를이 없이 버튼이 눌러졌습니다. 자동반사적이었습니다.

대번에 "야~ 니 왜서 그래? *시이가 뭐라 하드나?" 매일 입으로 써왔던 말이 의식의 한 구석에 따바리를 틀고 있다가 주인 행세를 하기 시작했달까요. 입말의 위력이었습니다. 한 사람의 가장 자연스럽고 편안한 존재양식인 것 같습니다. 사실 '입말'을 '글말'인 편지 속에 담아낸다는 건 잘 안 맞고 어색합니다. 그럼에도 여러분과 저의 입말이 주는 기쁨과 자유의 감상에 대해 나눠보고자 합니다. 삼척말을 마이 알콰드리면서 생각을 정리해보는 기회를 가지려 합니다.

다시 한번 말씀드리지만 글로 옮겼을 때 드러나지 않는 것이 입말입니다. “야~ 양지이, 니 *시이 전화 왜서 안 받나?”라는 발화는 삼척말의 특징을 잘 드러냅니다 물론 윗사람이 아랫사람에게, 친구사이에 쓰는 말입니다. 가족이거나, 어느 정도 친해져야 “야~” 소리를 들을 수 있습니다. 바로 용건을 말하거나 이름을 부르지 않고 “야~”하고 한번 말을 다소 길게 늘여줍니다.친근감을 전하는 동시에 너와 나사이의 거리를 확인하는 말입니다.

“야~”라는 언덕(산)을 하나 넘어 용건을 시작하면서, 할 말을 바로 시작할 때의 뭔가 계면쩍은 느낌을 지울 수 있습니다. 말이 시작된다고 미리 알려주면서, 말하는 사람이나 듣는 사람은 안정감을 느낍니다. 가족끼리도 말이죠. 삼척말의 가장 큰 특징 중 하나입니다. 서울말에서 하대하는 표현의 “야”와는 다른 말로, 다른 정의가 필요합니다.

글쎄요. 산과 고개가 많은 삼척의 지형과 식생 여기서 파생한 생활상과 풍습과 관련이 있을 것 같습니다. 대표적으로 것이 산나물과 관련된 말이 많다는 점이 관련이 있을 것 같습니다. “이 나물은 쇠굳지도 않고 맛도 좋소야.”(이 나물, 질기지도 않고 맛이 좋다.)라는 말에서 ‘쇠굳다’는 ‘질기지 않다’는 뜻으로,‘쇠처럼 굳지 않고 단단하다’ 서울말 ‘쇠굳다’와는 다릅니다. 나물을 씻을 땐 "시친다"고 합니다. 곤드레(고려엉겅퀴) 나물은 서울에서도 많이 쓰일 만큼 꽤나 유명해졌습니다. 서울말로 '몸을 못 가눌 정도로 술에 취함'이라는 뜻의 '곤드레'와는 어원이 전혀 다른 말입니다.

마을도 골짜기를 찾아 안도막하게 들어서 있습니다. 삼척이라는 이름 자체도 산(陟)이 많다(三)는 뜻입니다. 석 삼(三)은, 나무 목(木)이 수풀 삼(林)이 되고, 돌 석(石)이 돌무더기 뢰(磊)가 되듯이, '모이다', '많다'는 뜻으로 쓰입니다. 분명한 건 인류뿐 아니라 모든 동물들이 지형과 식생이 지배를 받아 지금의 모습이 되었듯, 말의 형성 역시 역시 지형과 식생을 빼곤 상상할 수도 없는 일입니다.

이어가 보겠습니다. 제 이름은 '양진'이지만 가족이나 친구들 모두 "양지~이"라고 부릅니다. 이건 문자로 써서는 그 억양이 전혀 드러나지 않습니다. 받침 'ㅇ'은 콧소리로 처리되는 것이 특징이기 때문입니다. 양양을 "야~양"이라고 하는 것과 같습니다. 어떤 사람이 삼척 네이티브인지를 알려면 "양양이라고 발음해 보라"하면 쉽게 알 수 있습니다. 친구인 '＊식이'도 "＊시~이"라고 합니다. 받은 'ㄱ'도 콧소리로 흐려지는 거죠. 받침이 있는 말 뒤에 'ㅇ으로 시작하는 모음'이 오면 비음이 됩니다.

어떤 면에서는 일본어에서 '응(ん)'발음이 'ㅇ으로 시작하는 모음'을 만났을 때 비음 처리되는 것과 참 비슷합니다. 동해안 건너편인 일본의 돗토리현과 시마네현을 통틀어서 산인(山陰, さんいん) 지방이라고 합니다. 한글 표기로는 '산인'이 맞습니다. 하지만 읽을 땐 "사~인~"이라고 발음합니다. 받침 'ㄴ'을 제대로 발음하지 않습니다. 이 유사함은 어디서 오는 걸까요. 1만 년 전 빙하기 땐 동해가 고립된 내해였고, 지금처럼 영동지방과 산인지방은 해안을 따라 이어져 있었죠. 글쎄요. 왜서 이래(왜 이렇게) 된 걸까요?

왜서는 "왜"라는 의미입니다. '왜'에 원인을 어미인 '~어서'가 더 해진 형태로, 옛 우리 말의 형태가 남아있는 모습이라고 합니다. 그런데 "왜"라는 말도 씁니다. 그런데 "왜서"라고 쓸땐 '그 이유가 무엇이냐'는 의미가 강조됩니다.

지금은 변호사를 하고 있는데, 영동지방에서 근무했던 (서울 출신)검사와 "왜서"에 대해 이야기를 나눈 적이 있습니다. 경찰에서 조서를 써서 송치해왔는데, 피의자를 상대로 "왜서 그랬나요"같이, "왜"를 전부 "왜서"라고 써왔길래, 그 의미를 확인했다고 합니다. "서"라는 한 글자가 더 붙었을 뿐인데, 의미 파악이 안 됐던 거지요. 그 경찰관이 정확한 질문을 했다고 생각합니다. "왜서"는 그렇게 추궁할 때 알맞은 말입니다.

이렇게 삼척말이 서울말이라는 충격을 받아 생긴 에피소드들은 '개락'입니다. 그렇습니다. '개락'입니다. '개락'에 대해 '우리말샘'(국립국어원 온라인 국어사전)은 "'홍수'의 강원도 방언"이라 정의했습니다. 잘못 됐습니다. 홍수에만 쓰지 않기 때문입니다.

잘 알고 지내는 방송기자가 삼척 쪽에서 근무를 할 때 하수구가 터져서 취재를 갔더니 한 주민이 "여 똥이 개락이래요."라고 해서 무슨 말인지 묻고 또 물었다는 얘기를 전해준 적이 있습니다. "여기 똥이 너무너무 많아서 넘쳐난다"는 뜻입니다.

개락은 '뭔가가 너무 많아서 넘쳐난다'는 뜻으로 쓰입니다. 예를 들면 비가 너무 많이 와서 하천이 범람하면 "오십천에 개락났데이!"(오십천이 범람했다)라고 합니다. 오십천은 삼척의 하천으로, 삼척의 험한 지형을 따라 50번 굽이굽이 휘어져서 붙은 이름입니다. 다시 '개락'으로 돌아가 "저 집 돈이 개락이래이"(저 집 부자다), "판장에 청어가 달부 개락이래"(어판장에 청어가 엄청나게 많이 잡혔다) 같이 쓰기도 합니다. 어판장 하니, "마카 아부라 얼마래요"(전부 합해서 얼마에요?)라는 말도 떠오릅니다. 끝물에 어판장에 가면 남은 생선들을 싸게 살 수 있는데, 그럴 때 쓰는 말입니다.

달부가 나왔네요. 달부는 '엄청나게', '많이'라는 뜻도 있고, 또 '전부'라는 뜻으로도 쓰입니다. '왜서'나 '개락'만큼이나정말 달부(엄청나게) 많이 쓰입니다. "(어른들은 안 보이고) 달부 언나들 뿐이나?'"(전부 아이들뿐이야?)처럼 씁니다. 또 "길이 달부 매련없어 다니질 못하겠네야."(길이 너무–울퉁불퉁 많이 파여서–엉망이라 못 다니겠다) 같이 또 씁니다. 이런 생생하게 살아있는 감정을 담아내는 말을, 국립국어원에선 "'전혀'의 강원도 방언"이라고 해 놓았습니다. 서울 박사님들이 연구를 여물게 하지 않은 탓일 겁니다.

"매련없다"는 반가운 말이 튀어나와 그냥 지나치지 못하겠습니다. "형편없다는 강원도 방언"(국립국어원)는 정의로는 충분치 않습니다. "야~ 방이 이게 뭐나, 매련이 없다."(방이 이게 뭐야, 너무 어질러져 있잖아.) 어렸을 때 어머니께 종종 들었던 말입니다. "얼굴이 꼬질꼬질한 기 참 매련없다." 어려서 이런 말도 들어왔습니다. "세수 좀 잘 하라"는 말이죠. "저 인간 말뽄새가 참 매련없네야."라고 하면 말을 참 못되게 한다, 예의없다 한다는 의미고, "농사가 달부 매련없게 됐소."라고 하면 농사가 흉년이다 라는 뜻이 됩니다.

이렇게 감정을 잘 전달해주고 풍부하게 해주는 삼척말이 부끄러웠던 적이 많았던 것 같습니다. 대학에 입학해 신입생 환영회에 갔을 때였습니다. 제 말을 들은 선배 한 사람이 "강원도에서 오셨드래요? 공비래요?"라고 흉내를 낸 적이 있었습니다. 잔뜩 움츠러들었죠. 참 챙피시러웠습니다.(참 창피했습니다.) 천천히 말을 하면서 서울말을 열심히 따라했습니다. 저의 경험은 극적이라기보다 평범하고 일반적이라고 해야할 겁니다.

서울을 중심에 있는 '경제사회적 일극'으로 규정한 구조가, 정체성과도 같은 지역말의 위축을 부추길 수밖에 없으니까요. 실제로 국립국어원이 5년마다 조사하는 '국민의 언어인식 조사'(20~69살 5천 명 조사)를 보면 자기 스스로 '방언을 쓴다'고 주장하는 인구도 2010년 52.5%에서 2020년 43.3%로 크게 줄었습니다. 특히 강원도처럼  큰 도시가 없고 자본 기반이 약하며 관광 의존도가 높은 지역의 '지역말 소멸'이 거센 것으로 나타났습니다. 강원도에서 강원말을 쓰는 비중(59.2→39.7%)도 크게 줄었습니다.

그럼에도 입말은 은신처를 찾아 웅크린 생명체처럼 의식 속 남아 호시탐탐 입밖으로 나오길 기다리고 있는 게 아닌가 싶습니다. 요즘은 아이들을 봐주러 고향에서 부모님이 한달에 2주씩 올라오십니다. 부모님과 한참 이야기를 하고 나면 야성이 되살아난 듯 한 느낌을 받습니다. 한동안 인토네이션을 펄떨펄떡거립니다. 입말의 힘입니다. 그 힘에 대한 이야기들을 여러분과 논구고 싶습니다.

⁂ 자기 소개

**김양진** | 강원도 북평에서 자랐습니다. 북평(北坪)은 삼척의 북쪽 들녘이라는 뜻입니다. 더 젊은 때 대학에서 국문학과 철학을 공부했고, 최근에 농학을 배웠습니다. 지금은 한겨레와 한겨레21에서 기사를 씁니다. 생태 환경 농업 쪽으로 많이 씁니다. 나무를 아끼는 마음을 담아 '아름답고 위태로운 천년의 거인들'(2025년3월 한겨레출판 펴냄)이라는 책을 썼습니다. 전국의 노거수들을 살피면서, 도감 속 '물건' 같은 나무가 아니라 지금 바로 여기 있는 나무와 나무를 아끼는 사람들의 마음을 담아보려 했습니다.

**【삼척말 풀이】**

- 시이: 형식이(사람 이름)
- 마이 알콰: 많이 알려
- 계면쩍은: 겸연쩍은
- 안도막하게: 옹기종기
- 논구고: 나누고

# 어무이, 거도 우체국이 있니껴?

김윤환 (안동)

어무이요, 막내 윤환이시더. 어매가 가신 지 그단새 열두 해가 됐니더. 어매 계신 곳 거도 우체국이 있니껴? 이 편지가 어무이한테 갈동 몰시더만은 지는 안직도 안동 신시장 어느 모티에서 어매가 지를 지다릴 것 같은 맴이시더. 시간이 갈수록 불효했던 기억이 더 선명하게 나니 어예니껴. 뱅기타고 가차운 해외라도 여행 한 번 댕겨오자꼬 말은 해놓고 그 약속 결국 못 지켰니더. 인자 우야면 좋니껴? 어무이! 떠나시기 전에 하신 말씀 아직도 귀에 쟁쟁하니더.

아이고 막둥아, 니는 엄마 나이 마흔 둘에 생겨가꼬 때거리 걱정했던 시절에 내는 걱정이 여간 큰게 아이랬데이. 니 아부지가 억시기 원망시럽고 내 신세가 한심시러워 차라리 니를 지웠으면 하는 못된 생각도 했따꼬. 먹은 거 없이 니를 뱃속에 두면서 아홉달 내내 미안함과 답답함으로 지내다 기묘년 음력 4월 3일 새벽에 니를 낳았는데 니는 무게가 세 근 밖에 안 되고, 여물지 못한 씨알 매치로 겨우 숨만 쉬고 울지도 몬하고 눈을 뜨지도 몬하는 니한테 엄마는 메마른 젖꼭지를 겨우 물렸다 아이라.

그때 일은 지금도 맴이 아프고 니에게 죄지은 마음이 크데이. 그케도 증말 하나님의 도우심으로 니는 잘 커줬고 네 살 다되가꼬 걸음마를 시작했잖나. 그때 엄마의 안도와 기쁨은 평생 잊지 못 했데이.

윤환아, 니는 살아 있다는 것만으로 효도를 다 했다꼬. 근데 지금 니가 월매나 잘 컷노? 지 혼자 힘으로 공부도 하고 장가도 가고 아들 둘까지 낳은 것도 억씨 대단한데 지금은 목사님이 되가꼬 하나님 일 까정 하이 어미는 니가 참 자랑스럽데이. 니가 나한테 해준 게 없다꼬? 아이다! 나는 니한테 받은 게 억수로 많데이. 엄마는 니한테서 더 바랄 것도 없데이 행여 죄스러하지 마래이.

어무이 이런 이야그를 듣고 지가 이런 시도 쓴 적도 있니더.

"간장// 마흔두 살 엄마는 지독한 가난으로/ 막내를 지우기로 했다/ 캄캄한 밤 울며 마신 간장 몇 사발/ 위장에서 췌장까지 검은 나선을 수차례 그렸지만/ 간장은 자궁으로 가지 않고/ 해갈

되지 않는 염장(鹽藏)이 되었다// 아이의 은연(隱然)한 첫울음에/ 그녀의 애간장은 녹았고/ 겨우 눈 뜬 아이의 이마에 떨어진 눈물/ 짜고도 달콤한 엄마의 간장/ 모유 대신 쌀뜨물에 흰죽을 먹일 때마다/ 얼굴은 언제나 간장 빛깔/ 아이가 스무 살이 될 때까지/ 자신의 감옥에 갇혔던 여인// 아들이 서른이 될 때까지/ 꿈속에서도 아들 입에 마른 젖을 물렸다는/ 그녀의 뒤란에는 수백 날 검은 비가 내렸고/ 여전히 남은 내장의 염분/ 씻어도 씻어도 생채기로 남은 자궁/ 신(神)은 해산의 고통을 통해/ 여인에게 구원을 허락한다지만/소의 힘줄 같이 질긴 자책은/ 그녀를 해방시켜 주지 못했다// 그녀가 떠난 자리/ 간장 한 종기로 남은 눈동자는/ 검은 바다 위를 둥둥 떠다니곤 했다/ 오늘도 가슴을 풀어 놓고/ 젖을 물리는 엄마의 빈방/ 아들은 단 한 번도/ 엄마의 간장을 먹은 적이 없었다"

45년 전 1982년 봄 스무 살의 아들이 객지로 떠나던 날 어매는 지 손에 2만원 봉투를 쥐어 주시며 그저 "야야, 미안테이…" 하고 눈물을 훔치셨잖니껴. 외롭고 서러웠던 서울살이에 오직 어매 얼굴만 그리며 야근 생활을 견뎌냈잖니껴.

그때 시상이 월매나 악하고 지는 또 월매나 매가리가 없는 동 때때로 어무이 아부지 원망할 때도 있었니더. 코찔찔이 국민핵교 댕길 때부터 시 쓰기를 좋아했던 지는 객지 생활 틈틈이 시로

지 스스로를 위로하곤 했잖니껴.

서울 생활 4년이 지날 무렵 제 일기장에 '안부'라는 시를 썼는데 이런 구절이 있니더.

"내 나이보다 오랜 신시장 좌판에 앉아/ 일곱 살 아들 손에 목장갑 끼우시며/ 아가, 울지마라 달뜨면 엄마 곧 가마/ 강둑 시린 달빛을 끼고 그렇게 오시더니/ 이작도 삐걱거리는 능금상자 이불로 덮고/ 서울 간 당신 아들 기다리나요// 아들의 야근살이 무시로 안쓰러우나/ 그 싸움에 믿음을 잃지 않으시는/ 어머니// 사의동 뒷산에 개참꽃 필 무렵/ 어머니 오셔요/ 설움의 남루일랑 벗어내고/ 달빛을 끼듯 고향 노을을 끼고 그렇게 오셔요/ 부디 힘이 되시어요"(시 「안부」 중 일부)

그 무렵 참 힘든 열 두 시간 맞교대 야근 생활에 영양 부족으로 결국 지가 늑막염과 폐결핵이라는 병으로 입원했다는 소식 듣고 어무이가 퍼뜩 오셔가꼬 지 병간호로 밤을 세우곤 했잖니껴. 퇴원 후에 지가 집에 늦게 들어오이께네 어무이가 빈 종이에 "아들아, 지발 언능온나 어매가 걱정 마이 된데이" 이래 쓰셨던 거 기억나니껴?

막둥이가 시인이 되가꼬 첫 시집을 갖다 드리께네 댓빼기 안경을 꺼내시곤 지 시집을 또박또박 읽으셨던 기억이 나니더. 특히 아들내미 야근살이가 담긴 시를 읽으실 때는 어무이가 눈물을 흘리시며 긴 한 숨을 쉬시던 모습이 안즉도 눈에 선하니더.

지가 안동에서 12년 핵교 댕기는 동안 어무이는 핵교에 딱 한 번 왔잖니껴, 국민핵교 3학년 어느 봄날인가, 지가 이자뿔고 안 갖고 온 도시락과 준비물을 시장에 장사하러 가시던 길에 교실 문 앞에 오셔가꼬 조용히 지 이름을 부르셨는데 그때 담임 선새이 누구냐고 물으이께네 어무이는 아무 말 않고 "이거 윤환이한테 주이소" 그카고 후딱 토꼈잖니껴. 그때 담임 선새이 억수로 어이없어하며 승질내던 거, 같은 반 얼라들이 "야, 니네 할매라?" 라고 킥킥 놀려댈 때 너무 창피하고 속상해가꼬 그날 저녁에 어무이한테 다시는 학교 오지 말라고 마구 떼쓰다가 아부지한테 씨게 혼난 기억도 나니더.

> 윤환아, 난 그래도 막내인 니가 건강하게 커 갖고 참한 색시를 며느리로 델꼬와 정말 고맙고 좋았데이. 엄마는 니한테 해준 게 별로 없다만은 니 결혼식날 내 할 일 다 한거 매치로 한 시름 놨잖나. 안즉도 엄마는 중연이 애미한테 고맙고 미안테이. 니도 경상도 안동 사람이라 대하기가 만만찮을낀데 아들 둘 키우며 잘 살아주이 월메나 고맙노. 니 젊을 때 사업하다가 망해가꼬 수억 빚더미에 시달릴 때도 니곁에서 함께 이겨내 준 것이 우리 집안에

큰복 아이라. 니 색시한테 잘 해래이. 은인 아이가.

어무이, 아이엠에프 지난 후 지가 운영하던 인쇄출판회사도 크게 망해가꼬 살길이 막막해 우울증에 시달릴 때, 집사람이 어데서 돈을 췌서 차비를 주며 고향 어무이한테 가서 좀 쉬었다 오라 캐가 무신 날 각재 안동 어무이한테 갔디만은 어무이가 "각재 웬일이로?" 한번 묻고는 더 이상 안 물었잖니껴.

된장찌개로 저녁을 채려 주시며 "야야, 우선 밥부터 무라" 밥을 먹는 둥 마는 둥 하고 누워 있는데 어무이가 제 등짝을 쓰다듬으며 "야야, 윤환아, 다 지나간데이. 엄마도 니네 6남매 키우매 시장에서 노점상 하맨서 일수 통장이 대여섯개나 있어 맨날 일수쟁이들한테 시달리며 살았는데 견디다보이 언제동 모르게 다 없어졌다카이. 그러이 포기 안하고 어찌어찌 살다보면 다 해결된다잉. 다 지나간다꼬. 알았재?"

그 말씀 듣는데 왜 글케 눈물이 나고 위로가 되는동 어무이가 마치 예수님 같았니더. 그때 지가 서울 오면서 쓴 시가 '가로수'라는 시가 있니더. "가로수/ 힘든 일 있을 때마다/ 어머니 이르시길/ 다 지나간다/ 다 지나간다/ 서울가는 차창 밖으로/ 무섭게 달려오던 가로수/지나가면 또 달려오고/ 지나가면 또 달려오고// 나무들 다 지나고/ 돌고 돌아/ 가로수가 끝난 자리// 아, 거기/ 그가 계셨네"

오야, 윤환아, 니가 힘든 일 잘 이겨내고, 그 은혜 안 잊어뿌고 하나님 사랑을 전하는 목사 일을 한다카이 엄마는 월매나 좋고 고마운동 모른데이. 근데 인제부터는 뭐든동 너무 잘 할라꼬 하지 마래이. 부자도 좋고, 출세가 좋아도 니가 건강해야 니 식구들도 행복하다카이. 그저 건강하고 니 색시한테 잘하고 틈틈히 니 성이랑 누야하고 서로 안부 전하고 얼굴 보매 살아래이. 그카고 엄마 보고 싶을 때 니 성 얼굴, 누야 얼굴 봐래이. 엄마는 천국에서도 니네들 같이 있는 모습을 보면 젤로 행복할끼다. 알았재?

어무이, 천국 가시기 며칠 전 지가 엄마에 대한 제 마음으로 「엄마의 기차」라는 시를 썼니더. 지는 이 시에 어무이에 대한 그리움과 속절없는 불효의 맴을 담았니더. 인제사 어무이 용서를 구하니데이. 암만 생각게도, 환갑 진갑 다 지나도 지는 철 안든 어무이 막둥이 얼라 아이껴. 어무이 날마다 보고싶니더. 그카고 안직도 사랑하니데이. 어무이!

## 엄마의 기차

종착역을 찾지 못한 채 늘 달리기만 했다 증기에서 디젤로 다시 전기엔진으로 바꾸어 가며 달렸지만 번번이 정차역을 놓치곤 했다 문득 끊어진 시간의 간이역 아무도 손 흔들지 않는 역사에 승객을 내리고 화물을 내리고 엄마는 여전히 알 수 없는 눈길을 남기고 상처 난 침목 무너진 철교 위를 지나 머나먼 종착역을 향해 기적도 없이 떠나시곤 했다 엄마의 기차는 왜 한 번도 정차하지 않았을까 간이역의 국수 한 그릇도 드시지 않으시고 기적을 울리는 끈 한번 당기지 않으셨을까 엄마는 왜 당신의 종착역에서만 우리를 기다리시는 걸까

마음에 터널이 생길 무렵
엄마! 부르니
그 기차 돌이켜
철커덕 철커덕
내게로 오시네

⁑ 자기 소개

**김윤환** | 1963년 경북 안동에서 태어났고, 1982년 서울 와서 여적지 객지 생활하는 사람입니다. 1989년 스물여섯에 시가 뭔지도 모르고 시인으로 등단하고, 노동운동하다 만난 전라도 색시랑 결혼해 잘 살고 있습니다. 30대 때 인쇄출판사도 운영하다가 문득 소명을 받아 지금은 수도권 변방 시흥에서 목사 노릇하며 글 쓰고 어려운 이웃과 함께 살고 있습니다. 문학이라는 지병에 걸려 아직도 그 언저리에 맴돌며 시도 쓰고 강의도 하고 지내냅니다. 굳이 사회적 직분을 밝히자면 현재 사랑의은강교회 목사. 계간 생명과문학 발행인겸 편집주간, 백석대 대학원 기독교문학 전공교수와 서울 모대학에서 시창작 강의하며 시흥시사회복지협의회 회장, 한국작가회의 경기지회장 등을 맡아 봉사하고 있네요. 살다보니 감사한 것투성이네요.

# 수색역의 약속

김은호 (강릉)

숙현아 잘 지내나? 이래 편지를 쓰민서도 니가 상구도 내 이름을 기억할란가 모르겠싸. 하지만 만약에 니가 이 편지를 읽게 된다면, 그래가꼬 '수색역'이라는 그 역 이름을 떠올린다면, 우리가 열 살이었던 그 해 여름 방학, 서울의 응암동 집에서 함께 지냈던 째깐한 강원도 지즈바의 얼구리를 분명 떠 올리리라 생각한데이.

내가 각중에 '수색역'과 니를 떠올린 것은 한 권의 책 때문이었싸. 오늘 책장 정리를 하는데『수색, 그 물빛 무늬』라는 책이 눈에 들어왔던 거라. 책을 들고 그대로 서서 껍데기에 인쇄된 '수색'이라는 지명을 디다 보고 있자니 머이 창지가 찌리리한기 순두부 맹키로 몽글몽글한 그리움이 피어오르는 거잖나. 거게다 창호지처럼 하얀 얼구리, 쌍꺼풀진 크다마한 눈을 가진 이쁘장한 지즈바도 같이 둥둥 떠올랐싸. 가도 어딘가에서 나처럼 이렇게 나이가 들어가고 있겠지. 잘 살고 있을까? 잘 살고 있겠지. 그 어데서라도 잘 살고 있기를. 기필코 행복하기를….

그렇게 나는 니를 위해 잠시 기도했싸. 만약에 니가 우연으로라도 이 편지를 읽게 된다면, '야는 왜 이렇게 내가 행복하게 살고 있기를 바랄까?'의아 하겠지. 우짜믄 뜬금없다는 느낌도 받을 수 있을 거래이. 글치만 오래 전 그 때, 열 살 나이의 어린 지즈바의 눈으로 보았던 그 해 여름방학의 응암동 얘기를 듣는다면 그런 내 맴을 니는 아마 충분히 이해할 거래이.

서울 응암동에는 우리 할아버이 친척 동생인 작은 할아버이가 살고 기셨싸. 그 분은 일찌거니 상처하고 남매 둘을 기르며 사셨는기 내가 기억하는 그 당시의 할아버이는 60대 초반이었싸. 삼촌은 대학생, 고모는 여고생이었싸. 자식들을 늦게 본 편이었제. 첫 부인과 사별한 할아버이는 몇 번 재혼했지만 번번이 실패했싸. 두 남매의 성격이 예민하고 까칠했던 것이 그 이유라고 했싸. 쬐그마한 그 남매가 청년들로 성장하는 동안에 몇 분의 새 어머이가 들어왔지만 결국은 다 파탄으로 끝을 맺었싸.

여름이면 두 남매는 해수욕을 한다고 강원도 바닷가에 있는 우리 집에 내려와 메칠씩 자고갔싸. 둘은 우리 어머이한테 형수님, 올케언니, 라고 부르며 아주 잘 따랐싸. 계모를 몇이나 내쫓아 버린 성깔 못된 남매라고는 그 누구도 짐작하지 못할 정도로 아주 참했다니.

내가 초등학교 3학년 여름방학 때 작은 할아버이의 초대로 서울로 놀러가게 됐잖. 그때는 영동고속도로가 엄었꼬, 그래니 고속버스도 엄었꼬, 거 머이나 완행버스, 급행버스만 있을 때였싸. 강릉차부에서 어머이가 태워준 초록색 급행버스에 몸을 실은 채, '메밀꽃 필 무렵'의 허생원이 흐뭇한 달빛 속에 나귀와 함께 오가던 봉평, 대화, 진부, 평창, 머 그런 강원도 산꼬대이 꼬대이를 돌아 8시간이나 걸려 마장동 버스 차부에 도착했싸. 그기 내가 세상에 태어나 처음으로 가 본 서울길이었싸.

작은 할아버이 집은 8차선 신작로 길 건네 한옥 주택가에 있었싸. 대문을 들어스니 40대 중반 쯤으로 보이는 어떤 아주머이가 반갑게 나를 맞아 주었싸. 그 옆에는 내 또래의 이쁘장한 지즈바가 호기심 어린 표정으로 나를 빼니 보며 서 있었는데. 그 지지바가 바로 니였싸. 나중에야 설명을 들었는데 두 사람은 얼마 전에 들어오신 새 할머이와 그 분의 딸래미라고 했싸.

지냑상엔 강원도 촌에서 올라온 나를 위해 준비했다는 국물 있는 불고기가 자글자글 끓고 있었싸. 나는 불고기란 음식을 그때 생전 처음 먹어봤잖. 움매나 마수웠는지 기냥 입에서 살살 녹드라니. 수제로 밥을 한 번 씩 뜰 때마다 우리 어머이보담 더 젊은 새 할머이가 젓가락으로 불고기를 집어 내 수제에 얹어줬싸. 햐, 기분이 엄체이 좋더라니. 나는 처음부터 새 할머이가 좋았고 니도 좋았싸. 아침이면 삼촌과 고모는 도서관에 간다고 부지래이 나갔고 할아버이도 어데로 가셨싸. 그래니 나는 맨날 니하고만 놀게됐싸.

내거 서울에 머무르던 그 20여 일 동안, 새 할머이는 어린 내게 최선을 다해 손님 대접을 해 주셨싸. 어느 날, 할머이는 우리 둘의 손을 잡고 창경원에 데리고 갔잖. 그때는 동물원이 거게 있었싸. 생전 처음 보는 호래이, 사자, 기린 같은 그런 크다만 동물들이 움매나 미숩고 신기하던지….

어느 날은 백화점 귀경 시켜준다고 미도파 백화점에도 데리고 갔싸. 하지만 백화점은 물건 값이 너무 비싸 귀경만 하고 기냥 나왔싸. 할머이는 거게 백화점에서 쬐끔만 걸어 나오면 있는 남대문 시장에 들렀싸. 거게서 우리 둘의 옷을 사 줬싸. 지금도 똑떼기 기억하는데 그 옷은 반쓰봉 위에 천을 덧대어 붙인 치마바지라는 옷이었싸. 입고 앉으면 반쓰봉인데 서 있으면 초매처럼 보이는, 머 요즈음 테니스 선수들이 입는 그런 비스므레한 옷이었싸. 나는 그런 옷을 당최 처음 입어봐 몹시 흥분했싸. 그건 서울 사는 니도 마찬가지였싸. 집으로 돌아온 우리는 치마바지를 입고 온 집안을 뺑글뺑글 돌아치미 앉았다 일어났다, 엄체이 즐거워했다니….

아침을 먹고 나면 우리는 함께 대청마루에 앉아 인형 놀이도 하고 애기도 했싸. 내거 니인테, 니 옛날에는 어데 살았나? 하고 물으니 수색에 살았다고 했싸. 거가 어덴데? 했더니 응암동에서 버스로 몇 정거장만 가면 있는덴데 거게는 기차역도 있다고 했싸. 옛날에는 거게서 기차 타면 북한으로도 간다고 하믄서 니네 어머이 고향이 북한인데 6·25때 피난 내려왔다가 38선이 막혀 못 돌아갔다고 했싸.

어머야라? 저를 우뜨하나? 내가 걱정했더니 그래서 니네 어머이는 거게를 지날 때마다 북쪽으로 쭉 뻗어있는 기찻길을 한참이나 보고 서 있다가 돌아선다고 했싸. 그 애기에 나는 좀 슬펐싸. 고향을 잃어버린 니네 어머이가 참 안시룹다는 생각이 들었싸.

"나는 기차역에 한 번도 가 본 적이 없어. 어떻게 생겼을까 궁금하다."

내가 그 말을 했더니 니가 그럼 거게를 데리고 가 주겠다고 했싸. 나는 뛸 듯이 기뻐했고 우리는 새끼손가락까지 걸면서 약속했싸. 갠데 말이지, 그때 우리는 너무 에래서 글쎄 운제 간다는 날짜를 빼먹고 말았던 것이잖. 그렇게 하루 하루 날이 지나가고 내거 우리 집으로 돌아오기 하루 전에야 그 약속이 생각났싸.

"숙현아, 우리 수색 역에 가기로 약속했는데 못 갔네. 나 낼 집에 가는데 어떠하나?"

"어머, 그걸 깜빡 잊어버렸네. 어떻게 하지?"

니는 울상을 지으며 니네 어머이를 돌아봤싸. 그 분은 걱정 말라고 했싸. 내년 여름에 은호가 서울에 또 오면 되지 않겠느냐고, 기차역은 없어지는 것도 아니니 내년에 와도 거기 그대로 서 있을 거라고 했싸. 그래서 우리는 마음을 놓고 다음 해 여름에 수색역에 가기로 다시 한 번 약속을 했던 것이잖.

그러나 그해 겨울, 친구들과 함께 설악산에 왔다가 형수님께 인사차 들렀다는 삼촌의 입을 통해 나는 니하고 새 할머이가 작은 할아버이 집을 떠났다는 얘기를 들었싸. 내가 그곳을 떠난 지 얼마 되지 않았을 때라고 했싸. 삼촌은 뭔가 잔뜩 화딱찌난 얼굴로 그 사연을 우리 어머이인테 말했지만 나는 그 내용까지는 기억이 없싸. 다만 삼촌이 우리 집을 나서자 어머이가 혼잣말로 혀를 차던 모습과 그 내용은 또렷이 기억하잖.

"이젠 작은 아버이도 새어머이 들이시는 것은 고만해야지. 고모하고 삼촌이 저렇게 죽어라 새 어머이를 못 받아들이겠다는데 우터 하라고? 쯧쯧."

다음 해 여름, 작은 할아버이 집에서는 나를 또 올려 보내라 기별이 왔지만 나는 싫다고 했싸. 니하고 새 할머이가 없는 그 집에는 더 이상 가고 싶지가 않았싸.

10년의 시간이 지났싸. 나는 대학을 서울로 왔고 어느 일요일에 할아버이 집으로 인사를 갔싸. 버스를 타고 가다가 응암동의 큰 길 정류장에서 내리는데 버스 창문 앞에 붙여 놓은 큰 글자가 내 눈에 보이는 거라. '수색'이란 글자였싸. 그 때 나는 순간적으로 니를 떠올렸싸. 새끼손가락을 걸며 했던 오래 전 약속도 생각났싸. '여기서 몇 정거정만 더 가면 수색역이라고 했는데…'

혼자서 그래 가마이 지거렜싸. 집에는 할아버이와 삼촌만 기셨싸. 고모는 결혼해서 딴 데 산다고 했싸. 내가 들어가고 20분쯤 지내자 삼촌은 약속이 있다며 나가봐야 한다고 했싸. 오랜만에 왔는데 미안하다며 허연 봉투 하나를 내게 내밀었어. 입학 축하금이라고 했싸. 삼촌이 나가자 작은  할아버이가 내인테 변명처럼 말씀하셨싸. 움매 안 있으면 결혼하게 되는데 색싯감 되는 처자를 만나러 가는거라고.

할아버이와 단 둘이 앉아 이런 저런 이야기를 나눴지만 어느 순간에는 더 이상 할 말이 없어졌싸. 할아버이가 원래 즘잖고 말씀이 없는 분이라 더 그런 것 같았싸. 10살의 여름방학 그 20일 동안 내게 엄체이 다정하게 대해줬던 새 할머이와 니가 생각났싸. 두 사람이 없는 그 집이 몹시 허전하게 느껴졌싸.

거게를 떠날 때 할아버이는 대문까지 배웅 나오셨싸. 안녕히 기시라고 인사를 하고서도 어쩐지 발걸음이 떨어지지 않아 좀 머뭇거렸싸. 할아버이는 날 어두워지기  전에 어여 가라며 손을 휘휘 저으셨싸. 머리가 허옇게 세고 마이 야윈 얼구리였싸.

주택가 길을 한참 걸어가다가 나도 모르게 돌아봤싸. 할아버이는 그때까지도 나를 지켜보고 계셨는지 그제야 몸을 돌려 대문으로 들어서셨싸. 그 뒷모습이 몹시도 쓸쓸해 보였싸. 우짜면 할아버이는 나를 만나자 오래 전 느이 모녀가 생각났을지도 모른다는 생각이 들었싸.

1년 쯤 지나 나는 삼촌으로부터 할아버이의 부고를 받았싸. 암이라고 했싸. 들은 바는 없었지만 내거 거게 인사하러 갔었던 그 때, 이미 병이 한참 깊으셨던 것 같았싸. 돌아가셨다는 연락을 받고 보이 그제야 그때의 할아버이 모습에 병색이 완연했었다는 생각이 드는 것이었싸.

숙현아, 오늘 이렇게 '수색'이란 글째가 들어간 책 한 권을 들고 서 있자니 인제는 이 세상에 안 계시는 응암동의 할아버이와, 그 집에서 만나게 됐던 새 할머이, 그리고 니 모습이 떠오르잖. 새로운 인연들과 화합하지 못해 결국 그곳을 떠났지만 20여 일의 그 짧은 시간동안 내겐 참으로 친절하고 다정했던 두 사람이었싸.

바램 불고 마음 헛헛한 그런 날에 경의선 기차를 타러 가야겠다는 생각을 했싸. 오래 전 그때, 약속만 하고 끝내 가보지 못했던 그 수색역 철길을 혼자라도 걸어보고 싶다는 마음으로 네게 이 편지를 쓰고있잖. 어데서건 니가 이 편지를 읽게 되는 기적이 생긴다면, 우리 둘이 함께 그곳에 서서 니네 어머이 이야기를 하며 저 먼 북녘 땅을 바라볼 수도 있지 않을까? 하는 생각을 한데이.

건강해라, 행복해라! 내 열 살 여름날의 다정했던 친구 숙현아.

오래전 친구 은호

⁂ 자기 소개

**김은호** | 강원도 강릉 출생의 소설가입니다. 계간지 『인간과 문학』으로 등단했고, 장편소설 「리모델링」, 단편집 『바늘털이』를 썼습니다. 동서문학상, 더좋은문학상, 작가포럼문학상을 수상했으며 현재는 장편소설 집필과 인터넷 매체 〈남도인사이드〉에 칼럼을 기고합니다. 〈문학인신문〉 서울서부지역 주재기자로 활동하며 〈미니단편〉을 올리고 있습니다

# 응가가

목정윤 (하동)

느그들 기억 나나? 우리 아들 모다 에릴때다 아이가. 함 보자… 지원이가 4학년쯤 됐을끼라. 그라믄 준한이는 2학년이고 주원이는 1학년이었겠네.인자는 마 다 추억이 돼 빼렀지만 첫날 묵었던 쌍계사계곡 가새에 있던 민박집 평상에서 지붕에 떨어지는 빗소리랑 커다란 업소용 압력솥 치익칙 돌아가는 소리 들으며 뜨끈하게 노나 묵은 녹두삼계죽은 다시 한번 가서 먹어보고도 싶다야.아버지도 산길을 잘 오르시곤 할 때였으니 15년이라는 시간이 지나가빼리고 우리도 그만큼 나이를 먹어뻐렀네.

그 때 평사리 엄마 외가집터 어름인 최참판댁 둘러보고 거 마을 샘터가새에서 거즈수건 적시가 얼라들 땀 닦아주던 기억도 나네. 거가 경사가 있어논께 날은 덥재 마 아~들도 얼굴이 발그레 하이 익어서 칭얼거리면서 따라 댕깄다 아이가. 모오다 참말로 귀여울때였다,맞재. 아직 어릴 때라 덩치가 고만고만했던 태

홍이 상혁이가 새이가 누군지 세깔리기도 했을끼구만. 엄마들이 한번쓱 거슥하기도 했을끼고. 그래도 아들도 어른들도 맴이 어질어빠지 갖고 쫌 속상해도 투닥거리지도 안 하고 가족여행을 무사히 마쳤네.

인자 돌아보니까능 딸들도 손자들도 어질고 약한 사람 돌보시던 아버지 엄마 성격 고스란히 물려받은기지 싶다. 살면서 쫌 손해가 나도 양보하고 말곤 하는 기 곁에서 보기에는 좀 답답시러버도 인생을 살아가는 동안 곁에 가찹게 걸어가는 사람에게는 순한 맘결보덤 귀한 기 있으까 시프네. 아부지한테 "아빠,정유이 말이 맞재?"하고 물으면 빙긋 웃으며 "하."하고 대답하실 것 같다. 이래 생각지도 몬하게 외할머니와 엄마가 쓰는 말인 하동말로 느그뜰한테 편지를 쓰게 되니 기억에서 거의 없어졌던 하동여행의 추억이 떠오르는거 아니겠나. 신기하재, 하동 말을 떠올리니까 기억이 따라오고 또 꼬마 때 우리 아~들과 같이 했던 시간들이 생생해져서 오늘 하루가 흐뭇해지드란 말이라. 그러면서 느그뜰하고 톡으로나마 한나절동안 한 모타리 기억도 노나 볼 수 있었다 아이가. 담엔 시간내서 엄마 사시던 강정모티이도 꼭 한번 찾아가보자.

어느덧 아버지가 우리 곁을 떠나가신지 벌써 백일이 돼 뿠네.

돌아보면 2019년 겨울 고3이 되는 준한이가 평촌으로 학원을 가겠다고 등록해 달라고 할 때였거든. 알아보러 가던 차 안 라디오에서 우한발 뉴스를 들었던 코로나19.지긋지긋하고 답답했던 코로나펜데믹이 시작 됐재. 바로 옆집하고도 고립이 되는 상황에 아버지는 집 앞에 음식쓰레기 비우러 나가셨다가 미끄러져 무릎을 다치는 바람에 입원하셨지. 경증인지장애일 때 검사를 거부하는 바람에 약으로 호전될 때를 놓친 상태로 신경과 진료를 받았더이 하메 알츠하이머 진행이 꽤 돼 뿧다 아이가. 엄마도 혼자 집에만 고립되다시피 해서인지 돌아가신 외할머니가 집에 오셨다고 안 하나,우리가 부산에 살고 있다고 안 하나.. 이 일을 어짜노 싶었다. 말로만 듣던 섬망이구나 싶어 내려가 보던 하필 그 날. 동네에서 길을 잃었다가 집을 찾아와 내가 와이라꼬 하며 혼자 울어서 눈가가 까매져 있던 엄마를 봐삐랐다. 그 날을 생각하면 안즉도 까마득해지고 눈앞이 흐려지는 건 와 그렇겠니? 그 상황에서 우리를 많이 그리워했던 아버지 속맘을 느껴뿌서 였으까, 여기는 좋은강안병원이라고 말해디리도 당신이 야전병원에 누워있다고 여기며 잔뜩 긴장하는 온전치 못한 상황에서도 나를 보고는 눈물이 글썽해서 엄마가 전화로 이상한 소리를 한다고 외로워서 그렇다며 당신의 아내가 괜찮은지 살피던 아버지 말에 가슴 한쪽이 뭉클해져서 였으까, 병원에서 집에 가는 길에 엄마 드리려고 딸기 사러 들어간 마트에서 하도 눈물이 쏟

아져서 계산하는 동안 고개도 못 들고 말도 겨우겨우 뱉었대이

한편으로는 두 분 요양등급을 받을 수 있도록 그 간의 기록을 정리하고 요양보호사가 올 수 있도록 두 분 사시는 집을 정리했던 과정, 또 한편으로는 엄마의 생활이 무너져 내릴까 돌볼라고 부산가정법원에서 성년후견판결문을 받아내고, 은행을 돌아다니며 직원들도 잘 알지 못하는 성년후견 업무를 했던 몇 년간의 과정, 준한이 재수하는 바람에 시간의 여유가 없어 KTX를 타고 기절하드끼 쪽잠 자 가믄서 오르내렸다 아이가. 그러믄서도 기를 쓰고 공연무대를 준비해 낼라고 했던 그때의 나는 아마도 평생 몇 번 볼까 말까한 두 분의 눈물을 그 하루 내 눈으로 봤던 속상함에 꾸역꾸역 해낸 거 아인가 시프다.

신경과 진단 받던 날 함께 갔다가 큰딸은 "정유이" 맏손녀는 "지워이" 대답하시고 의사 앞이라 긴장하싰능가 느그 이름을 얼른 대답 못하는 아버지의 온전치 못한 기억을 확인하고 순간 가슴이 우르르 무너져 내리더라.하지만 그날도 온전히 자신의 힘으로 목발 짚고 온전히 스스로 해내려는 의지는 높았지. 그래서 목소리를 더 높이고 상그러버 보인다는 걸 잘 모리는 사람들은 오해도 하겠다는 생각 들대.

형사생활 오래 하시면서 유도에 검도에 수영까지 잘 하셔서

강력범 검거하고 인명구조까지 하던 당신이 자기 몸을 제어 못하고 생각도 잘 나지 않는 상황을 받아들이기가 참 힘드셨을끼라. 모습은 주름져도 아버지 안에 있는 아이가 얼마나 화가 났겠노 하는 생각이 닿으면 이해 못할게 어딨겠노 하는 생각애 애안시러버. 이런 이야기는 당시에는 내가 치이고 고단하던 바람에 자세히 기억해내지 못해서 이제야 한다.  그때는 우리 모두 수험생, 중고생 엄마들이었으니 다들 여유가 없어서 그저 닥치는 대로 해결해야 되는 일로만 받아들인 게 아인가 싶어서 또 속이 뿌사지네. 열이 나서 입원해서 검사하자고 해도 제복 입은 119 구급대원과 대치하던 아버지 설득하던 통화도 생각난다.

엄마 말도 안 듣다가 "아빠 정유입니더. 많이 아프니까 병원 가시야지요. 도와줄라고 오신 분들이다 아입니꺼." 하니 그제야 협조 하셨다는데 진짜 세상에서 우리만 오도시 믿으신 걸 그때라도 깨달았어야 했을낀데, 더 자주 가서 뵀어야 했을낀데. 아마도 우리 모두 믿어지지 않아서 더 늦어졌을끼라 그자.

그 후로도 내도 내지만 느그뜰 서울이랑 경기도에서 부산에 있는 엄마 재정관리 하면서 매일 계속되는 잔잔한 심부름에 요양보호사 선생님과의 소통에 고생이 많았다. 엄마가 아이처럼 하고 자픈 기 많아지는 것도 질병인깅가 타고난 기질인깅가 허전한깅가 들어주다보믄 내사 마 속이 디비지더라. 그 와중에 악

역이 되기도 하는 내를 대신해 엄마 맘 달래주는 역할도 해 주고 엄마가 혼자 아픈 휴일엔 의논해서 달려가 봐 줄 수 있고,우리끼리 고단한 맘을 쓰다듬어주는 존재가 셋인 걸 얼마나 다행이라 생각하는지 느그 모를끼야. 아빠 돌아가시고 정리해 내야 하는 일들도 의논할 느그가 있어 겅거이겅거이 해냈던 것 같다. 인생을 살아가면서 기대야 할 버팀목이 필요할 때 서로서로 받쳐주고 품어주고 때로는 대나무 숲도 돼 주기로 하자. 앞으로 살면서 또 그럴 일들이 많을끼야 맞재? 신랑이 속 시끄럽게 하거나 일러줄게 있으면 응가한테 다 말해삐라! 편 들어 주고 응원해 줄 거니까. 알았재?

인자 형부랑 아버지 49재 삼아 갔던 여행에서 들었던 생각 하나 풀어두고 이 편지를 마무리 할란다. 11월 7일은 하늘이 마이 맑았다. 묘소를 들렀다 나오며 보이던 마을 주변 산세가 보드람하이 맴이 푸근하대. 생전에 깡깡 언 논 위로 썰매를 지치고 놀았담서 늘 그리워하시던 사천의 고향마을이 이랬겠구나 싶대. 사천항에서 남해로 넘어가는 어느 포구 쪽에 숙소를 잡아놓고 밤이 됐어. 삼천포랑 거제 쪽이 보이는 앞바다가 시커매지는기라.

저녁 먹으며 아버지 묘에 따라드린 술 한잔 하면서 그 앞에 으드거니 서있는 등대를 바라보는데 그 뒤로 반짝이는 윤슬이랑 달빛이 참말로 환한기라. 혼자 어두븐 바다를 밝히는 게 등대라고 생각한다 아이가. 근데 그기 아니구나 하는 생각이 들더라. 달빛이 있었구나. 지 혼자 서서 바다를 밝히는게 아닌기구나. 아침엔 달이 지면서 사량도 너머로 발그레한 햇빛이 구름사이로 황홀하게 빛을 뿜어내는데 어린 시절 내 힘으로만 소로시 세상을 헤쳐나간다고 생각하던 때가 오랫동안 있었다는 기억이 나는 거 있재. 그런데 그것도 아녔던기라.

내 등 뒤로 지켜주던 존재가 상구 있었던기라. 그걸 깊이 느끼는 순간이었다 아이가. 그리고 아침을 비춰주는 환한 태양 빛을 보면서 인자는 등대를 지켜주는 존재가 내가 돼야 한다는 생각이 들대.

가마이 생각해 보래이. 나도 느그도 혼자가 아닌기라. 이제 오십 이짝저짝에 서서 세상을 바라보게 됐으이 인자 서로한테 그런 따신 존재가 될 수 있지 않겄나? 더해서 세상이 좀 더 따수븐 곳이 되도록 괘안은 사람으로 살아가도록 하재이.

지유이도 화유이도 그랄 수 있재? 하모 할 수 있고말고.

⁑자기 소개

**목정윤** | 눈을 늦게 떠 많이 기다리시던 외할머니께서 머루알 같이 까만 눈동자를 가졌다며 많이 사랑해주셨던 얼라가 이마이 자라 배우로 세상을 바라봅니다. 저는 부산이 고향이며 연극 뮤지컬 매체에서 활동하며 계속 성장하고 있는 어른이 목정윤입니다. 출연작으로는 연극 〈배심원들〉 〈사천의선인〉 〈정의의여인들〉. 뮤지컬 〈투명인간〉, 〈화순1946〉이 있으며 방영 예정작 〈허수아비〉 등이 있습니다. 조정 작가님과는 서남전라도서사시 〈그라시재라〉 입체낭독극 초연자로 인연이 있습니다. 이 글은 부모님의 고향말인 하동 지역 말로 썼습니다.

**【하동말 풀이】**

- 아들: 아이들
- 응가: 언니
- 모다 에릴 때: 모두 다 어릴 때
- 새이(생이): 형 또는 언니, 상(上)에서 온 말
- 세깔리다: 헷갈리다
- 거슥해도: 속상해도
- 강정모티이: 강가정자가 있는 모퉁이
- 절: 곁
- 애안시럽다: 안쓰럽다
- 하싮능가: 하셨는지
- 뿌사지대: 부서지더라고

- 하: 응 또는 그래
- 하모: 그럼 또는 아무렴
- 얼라: 아기, 어린아이
- 이마이: 이만큼
- 겅거이: 겨우
- 가찹게: 가까이
- ~보덤: ~보다
- 모타리: 덩어리 일반적으로 덩치, 몸집
- 받았더이: 받았더니
- 하메: 이미 벌써
- 아인가 싶어서: 아닌가 싶어서
- 상그러븐: 까다로운, 모가 난
- 모리는: 모르는
- 오도시: 오롯이
- 거르: 것을
- 잔잔한: 자잘한
- 내사 마: 나야 그냥(일반적으로는 강조의 추임새로 쓰임)
- 디비지더라: 뒤집어지더라
- 마이: 많이
- 보드람하이: 부드럽게
- 깡깡: 꽁꽁
- 으드거니: 어른스럽고 듬직하게
- 소로시: 고스란히
- 가마이: 가만히
- 따신, 따수븐: 따뜻한
- 괘안은: 괜찮은

# 얼픈 쪼 치와!

박성율 (강릉)

아이고…

설악산에 케이블카 놓겠다는 역대 벼슬아치 이눔들아.

엄을때는 벌벌 기든기 밥술깨나 뜨고 나니 눈에 뵈는 기 읎뜨나?

발가락으루 개떡을 빚어도 네 눔들보단 낫겠다.

마캐 오냐오냐 해 주니 할애비 상투까정 꺼들 눔

돈이라믄 눈깔이 뒤집해서 멍석말이도 퍼뜩 할 눔

인심 없기로는 나사 쬐듯 하드이 돈에 미쳐 집요하기는 지름 짜내듯 독한 눔

목구녕에 걸린 생선가시 내린다고 맨밥 쳐먹다가 급체할 눔

소나기는 퍼붓고, 똥은 매룹고, 허리띠는 옹치고, 꼴짐은 넘어

가고, 소는 콩밭으로 뛔댕기미 평생을 끙끙댈 눔.

앞으로 돌려 눕혀 곤장으로 쎄래대도 씨원찮은 눔

동지섣달에 개딸기 찾는 개소리 하는 눔

보리밥 처먹고 가죽피리 불 눔.

쥐며느리만도 못한 씨잘대기 읎는 눔.

신문지 깔고 똥 싸다가 펄썩 주저앉을 눔

밥을 먹으믄 돌 씹고, 계란 사면 노른자 없고,

복권을 사면 싹다 꽝이고, 차 뽑으믄 급발진 할 눔.

언나덜 떡까정 뺏아먹고 당나무 밑 정한수로 목 축일 눔.

삼복 더위에 누비옷 입혀 일광욕 시킬 놈.

머슴살이 구 년을 해도 주인 성씨도 모르는 무식한 눔. 등 뒤에 업은 아를 삼 년을 찾아 헤맬 놈.

내리막에서는 '아저씨 아저씨' 하다가 오르막에선 '엿이나 먹어라' 할 놈.

빗물에 머리 감구 바람에 빗질할 놈.

생채기엔 고추가루 뿌리고 꽃밭에는 불지르고도 남을 놈.

도민을 위한 일에는 굼벵이 저리가라드이,

지혼자 먹는 데는 꿀돼지보다 더한 눔.

설악산오색케이블카 설치하면 잘먹고 잘산다고?

전국에 40개가 넘는 케이블카가 있는데
거서 돈이 수백년동안 막 쏟아진다드나?
한치앞만보구 세치앞은 못보는 눔.
니는 케이블카타러 관광다니나본데
개가 웃고 소가 하품할 소리.
강원도 구겡하러오는 사램들 대부분은
자연그대로의 설악산을 보러 온다 이 천치야!

주리다고 돼지고기 굽지도 않고 처먹다가 식중독 걸래 사흘 밤낮을 물똥만 찔길 눔아.

횃대 밑에서 호랭이 잡는 소리 하구 자빠졌다.

맞선 나가 방귀 소리 숨길라구 똥꼬힘 조절하다거 바지에 똥 찔기고 혼절할 눔

설악산은 시름시름 앓는데 까마귀 소리나하구 자빠졌다.

열 재주 가졌다구 빼기다 저녁 찬거리도 못건질 눔

호미 빌려주믄 감자 캐가고 제삿밥 멕여주믄 소 몰고 도망갈 눔아.

고만해라. 쫌.

일단 설악산케이블카 사업 포기하라.
상추에 모래쌈이나 처먹기 전에

쇠똥에 미끄러져 개똥에 코방아 쬫기전에

얼픈 쪼 치와!!!

⁑자기 소개

**박성율** | 강원도 '너부내(홍천)'에서 태어나고 경기도 '이천'에서 아버님과 함께 도자기를 하다가 신학대학에 입학, 목사가 됐습니다. 목회 여정을 마무리하며 돌아온 고향에, 그리고 강원도 전체에 40개 골프장이 개발된다는 소식을 들었습니다. '강원도골프장 문제해결을 위한 범도민대책위'와 함께 투쟁했습니다. 골프장 싸움은 '백전백패'라는 조언도 무시하고 말입니다.

그렇게 시작한 '환경 운동'은 설악산오색케이블카, 삼척 핵발전소, 동해안 신가평 500kV 초고압송전탑, 홍천양수발전소, 토지난민연대 토지강제수용 등 개발사업 모든 분야로 확대되었습니다. 강릉시청에서 강릉주민들과 478일 어울려 노숙을 하며 강릉 토박이말을 접하게 되었고, 어르신들 이야기 중에 특히 욕이 정겨웠습니다.

이 글은 국립공원 설악산에 케이블카를 놓으려는 벼슬아치들을 향한 욕입니다. '반칙'이 지배하는 세상에서 피해자들의 솔직한 말을 전하고 싶었습니다. 원주지방 환경청에서 노숙 투쟁을 하며 적었던 글입니다. 아주 느리고, 자주 흔들리며, 허술한 삶이지만, 가장 인간적인 삶을 살고 싶습니다. 그래서 지금도 어리석게 살고 있습니다.

# 아부지, 고마워예, 사랑합니더

선안나 (울산)

고향 들게는 가실기 한창/ 산국 개망초 쑥부재이 고분 줄/ 진작 알었지마는/ 은비단 억새꽃 저래 눈부신 줄/ 인자 알았네

내 에릴 때 울 아부지/ 이슬 나절 한걸음 꼴 비와/ 마당 가새 헤쳐 노싰제/ 비이 져서도 퍼러이 날 세우고/ 맨살에 빗금 긋던 억새

비진 것도 그래 서설 퍼런데/ 억새만 한 서설도 없어/ 생살 비이기나 하던/ 비도 속으로나 비이가/ 허르는 피/ 알콜로 씻던 아부지

농부 숭내 낸다꼬/ 썩썩 억새풀 비이 왔지만/ 농부는 몬 되던/ 맴 속 생채기 피칠갑 되뿌도/ 술로 묵묵하이 헹구던 아부지

와 그래 살 끼냐꼬/ 퍼러이 날 세우는 법 배와 봤지만/ 늠 한 번 빌라카머/ 지 가슴 열 번 수무 번 비이는 / 우차피 그런 핏줄인 줄/ 비고 비인 후에야 알었제

저무는 가실 들게/ 눈부신 은비단 억새꽃 맨치도/ 아름답게 시들지 몬한 아부지/ 삶은 와 이리 정직하노/ 더러 기적이 일나도 좋을낀데

아부지예,

하늘나라에서 잘 지내시지예?

'고향말로 쓰는 편지'라는 책의 필자로 참여하게 돼서, 아부지 떠나신 후 첨으로 편지 올립니더.

저 우에 시는 지가 서른 중반쯤에 쓴 기라예. 엄마, 아부지 다 살아계싰을 때였지예. 지는 결혼해가 서울 살면서, 아 둘을 키우고 동화 쓰고 공부꺼지 한다꼬 바쁘게 살았지예. 건설회사 댕기던 남편은 늘 해외나 다른 지방서 일했고, 시댁이고 친정이고 도와줄 사람 없다보이 이리 뛰고 저리 뛰고 정신 엄긴 했어예.

친정도 일 년에 한 분 갈똥말똥 했네예. 명절이나 생신 때 우짜다 갔다오머 맘이 참 무거웠어예. 쇠잔해가는 부모님이 너무 불쌍는데, 내가 우째 해드릴 능력은 엄꼬, 우쨌기나 내 길도 가

야겠고… 맘에 돌덩이가 항시 얹혀 있었다 아입니꺼.

에렸을 때는 아무 꺼도 몰랐지예. 산골에 살어도 아부지는 말끔하이 입고 농협에 댕기싰지예. 마당이 운동장만 한 기와집에 살고, 큰골 작은골 점뜰 양지뜰 곳곳에 논밭도 있고, 우리 산도 있고…. 나는 우리가 잘사는 줄 알았어예. 억수로 몬살던 동무네에 대머 잘산 기 맞겠지예.

마실게 전기가 처음 들어왔던 무렵일 겁니더. 고향 출신 실업가가 국민학교에 궁전겉은 도서관을 지와 준 기 말입니더. 책이 억수로 귀하던 땐데 아아덜 책이란 책은 거게 다 있었지예. 세계 명작, 국내 창작동화, 옛이야기, 고전, 학습물, 사전류… 아무끼나 닥치는 대로 읽는 새, 지는 고마 딴 세상으로 가뿠던 기라예. 책하고 현실이 와 그리 다른지 알 수 없어가, 말 엄꼬 생각만 많은 아가 됐지예.

한 학년에 한 반뿌인 학교 졸업 후 읍내 중학교에 드갔는데, 첫봄에 열린 백일장에서 전교 장원을 했다 아입니꺼. 운동장 조회 때 상을 받고 교단 우에 올라가 내 글도 읽었지만, 우에 된 일인공 어리둥절하기만 했지예.

집에 가서 상장을 비 드리까네 아부지가 기쁘게 웃으시데예. 말씀 없는 아부지였지마는 웃음이 다 말해주었다 아입니꺼. 신통하고 대견타, 자랑시러버 하는 마음을예. 그 웃음은 지 맘에 영롱하이 맺히가 자존감과 자신감의 첫 근거가 됐습니더.

우리 식구는 천주교를 믿어서, 주일이면 집에서 둘러앉아 예배를 드렸지예. 전례를 시작하며 '제 탓이요, 제 탓이요, 제 큰 탓이옵니다' 가슴을 치며 먼저 뉘우치는데, 그래서 그런가, 아부지는 평생 늠 탓할 줄 모리고 내 탓하며 사셨지예. 잘몬하고도 뻔뻔한 사람이 얼매나 많은데, 아부지는 '지가 부족해서 글심더' 카며 늘 당신을 낮추셨지예. 그란다꼬 어데 시상이 알어줍니꺼. 밀리고 치이기나 하지예.

아부지가 언성 높이는 거를 지는 평생 본 적 없심더. 남동생들이 말썽을 부리도 어허, 그라지 마라, 그라머 되나, 몇 말씀이 전부였지예. 천성이 어질고 따숩어가꼬 키우는 짐승도 사람거치 대하싰다 아입니꺼. 소여물을 줄 때도 "배 고푸제, 마이 무래이." "새끼 이뿌다, 잘 키워래이." 쓰다듬어 주셨고예. 동식물한테도 다정하이 말 건네던 아부지 딸이라서 지가 동화 쓰는 사람이 된 거겠지예.

표현은 벨로 안 하싰지마는, 아부지가 지를 뿌듯하이 여기고 애끼주신 거 잘 압니더. 결혼 후에는 '김실이 보거라' 하는 펜지도 종종 보내주싰지예. 지 이름이 아이고 김서방 안사람으로 칭하는 기 지는 쫌 섭섭데예.

드물게 딸네 집에 오시머, 어무이뿐 아이고 아부지도 방을 쓸고 닦고 머 하나라도 해주고 갈라꼬 하셨지예. 우리 아 덜을 사랑시럽게 바라보시던 눈빛이며, 동생네 식구덜까지 델꼬 솥발

산 놀러 갔던 날 드물게 행복해 보이시던 표정이며…. 사무치게 생생하고 그리운 기억도 많네예.

사춘기 지나고서야 어무이 아부지 삶을 환상 없이 바라보게 되었지예. 쥐꼬래이 월급과 알량한 농사로 대식구 묵이살린다꼬 말도 몬하이 힘드싰다는 거를 어른 되고서야 헤아렸다 아입니꺼. 온갖 괴로움 속으로 삭일 줄밖에 모르던 아부지한테 술은 유일한 위로였던 기라예.

결혼 후 부모님은 부산서 살다가, 사업 실패로 지와 동생을 델꼬 본가로 오싰다 카데예. 그때부터 할매, 할배 모시고 다섯 명 시누, 시동생들 뒷바라지하고 동생 둘을 더 낳아 우리 사남매까지 키우셨지예. 취업, 입대, 혼인 등으로 식구 수는 변동이 있었지만, 엄마 아부지가 부모 노릇을 다 했다 아입니꺼. 할매는 다쳐서 오른손을 못 쓰셨고예.

버는 돈은 빤한데 나갈 돈이 얼마나 많았겠습니꺼. 시누 시동생들 원대로 공부시키지는 몬해도 남들 하는 만큼은 시키 조야하고, 취직해서 좀 모았다 캐도 혼인시키고 제금 날 방이라도 얻어 줄라카머 빚을 얻어야 했지예. 집안과 문중 대소사는 와 그래 많던지….

어무이는 집안일에 농삿일까지 도맡아야 했지예. 가지 많은 낭게 바람 잘 날 엄다꼬, 벨벨 일이 얼매나 마이 있었겠십니꺼. 자식들이나 시누 시동생들은 지 인생이 바뿌고 중할 뿌이고, 혼차 눈물 날 때가 얼매나 많았겠어예. 난중에 할매 할배 병드이까네 수발도 고스라이 어무이 차지였지예.

장남이 무슨 죄라꼬, 평생 성실히 살고도 아부지는 자신의 무능을 탓했어예. 특히 어무이한테 너무너무 미안해서, 술을 자시도 주정 한 번 몬 했지 싶네예. 그 놈의 술 좀 끊으라고 어무이가 머라캐도 미안태이 그 말이 다였지예.

자식들이라도 잘돼야 어깨 피고 살낀데, 장남이 실패만 거듭하이까네 주름하고 그늘만 깊어갔지예. 지는 한다꼬 했지마는 부모님 돌아가시고 보이까네 후회와 자책만 뼈저립니더. 어무이하고는 통화라도 자주 했지마는, 아부지는 얼매나 외롭고 적막하싰겠노 싶어 심장이 미집니더.

세상에서 내를 있게 하고 젤로 사랑해준 부모님보다 머가 더 중하다꼬, 그래 뜸하이 뵈러 갔다가 휙 떠나오곤 했을까예. 아부지 모시고 좋은데 댕기고 맛있는 거 사디리고 손도 잡아드리고 와 그라지 몬 했을까예.

우리 아덜이 크고 보이 지금은 압니더. 부모님이 내한테 별다른 걸 바란 기 아이란 거를예. 그저 다들 건강하이 잘 지내고, 우짜다 사랑을 소소하이 표현하는 것만으로 마음에 볕이 들고 살맛이 나싰을 낀데예. 부모님 걱정에 마음 무거버할 끼 아이고, 밝은 얼굴 목소리 한 분 더 비 드리고 들리 드렀시머 됐을 낀데예.

책에서 다 배와 놓고 미련시럽구로 나중에, 언젠가 카고 살았네예. 죄송합니더, 아부지예, 용서하시소. 생전에 베풀어 주신 은혜 고맙고 고맙습니더. 보시기에 흐뭇하도록 더 잘 살다가, 후제 반갑게 뵈러 갈게예.

사랑하는 아부지요, 그때까지 부디 평안하시소….

⁑ 자기 소개

**선안나** | 울산시 울주군에서 자랐습니다. 1991년 동아일보 신춘문예에 동화가 당선된 후, 백여 권 이상의 어린이청소년 책을 썼습니다. 세종아동문학상, 한국아동문학상, 열린아동문학상, 윤석중아동문학상 등을 받았습니다. 20년 넘게 아동문학을 가르쳤고, 길거리에서 8년 시민운동하며 세상도 배웠는데, 뒤늦게 알고보니 집을 좋아하는 집순이였어요. 15년차 캣맘으로 동네 고양이와 만나는 것도 일상의 기쁨입니다.

# 씨잘데기 없는 소리

유순예 (진안)

옴마! 잘 살고 있지요? 여그는 시방 눈이 솔찮히 쌓이는디, 거그는 사시사철 꽃이 피지요? 쌔가 빠지게 농사짓지 않아도 평안허지요?

논, 밭, 산, 경운기, 관리기, 고추 건조기, 비닐하우스, 괭이, 쇠스랑, 삽, 호맹이, 장독대, 마당 가득 흐드러진 잡동사니들… 두고 간 농토와 농기구와 살림살이들, 아깝거나 시얌 나는 것 암것도 없지요?

역병과 관절염과 혈전이 먹어치운 옴마의 삭신도 무심히 흐르는 또랑물맹키로 유연해졌을 티고 닫혔던 말문도 시언허게 트였지요?

"어서 오니라 내 딸, 여그서 다시 만낭게 더욱더 복시럽고 이쁘구나!"

외할아버지 외할매가 담박질로 반기셨지요?

"자네는 쩌그 저 삼밭으로 삐이잉 돌아서 오랑게, 지랄 났다고 그새 왔어!"

"아이고, 나 혼자 삼밭에 어찌 댕기라고 먼저 가, 아이고!"

얼굴도 모르고 시집 왔다던 즈가버지 만나서 또 싸우는 건 아니지요?

즈가버지랑 둘이서 손톱 발톱이 닳도록 화전을 일구며 멕이고 입히고 공부 시킨 일곱 명의 똥강아지들은 걱정 말어요, 옴마!

"나 죽고 없으먼 가는 니가 좀 챙겨야쓰겄다"

시답잖은 가도 인제 지 앞가림은 하고 있응께, 이젠 맘 놓고 쉬셔요, 옴마!

토방 한가득 모여앉아서 싱건지 국물에 국수 말아먹으며 깔깔거리던 그 시절처럼, 우리 가족 다시 만나는 그날까지 재미지게 살어요, 옴마!

여그는 시방 병오년 새해가 밝았는디, 동장군이 쳐들어와서 난리법석을 떨어요. 그러거나 말거나, 묵정밭이 되어가는 전답들을 지켜보다 애가 탄 이 딸내미가 이 밭 저 밭 뿌려 놓은 호밀씨들은 파릇파릇 돋아나서 우리 땅 곳곳을 지키고 있어요. 옴마 아버지 대신 이 딸내미가 처음으로 꼬추 농사를 지어본 그 밭은 이 시안까지도 갈무리를 못해서 깡마른 꼬춧대들이 황소바람과 허풍이나 떨고 있어요. 옴마 손길이 뚝 끊긴 장독대에서는 옴마가 담가 놓은 간장 된장 꼬추장 냄새가 저마다의 뚜껑을 밀어올리고 나와서 마당에 쌓이는 눈을 쓸고 있어요. 옴마의 굽은 등허리가 낱낱이 심어 놓은 작약 밭의 작약들은 구 년째 하늘하늘 하늘만 올려다보고 있어요. 더덕 밭의 더덕들은 오 년째 싹눈을 뜨고 또랑또랑 새봄을 기다리고 있어요.

그러니 옴마, 이젠 이 산 저 산 구경이나 다니면서 사람 사는 것맹키로 살어요. 그러다 문득, 우리 똥강아지 중 한 놈이 허튼 짓을 하려거든 우레 소리로 호통을 치셔도 좋아요! 오뉴월 땡볕과 맞대결하며 꼬추 농사를 짓던 옴마 아버지처럼, 우리도 꼬추처럼 야물딱지게 살다 갈게요! 부모님 돌아가신 후에야 철들기 시작하는 우리 똥강아지들, 모난 데 없이 둥글둥글 사는 모습 지켜봐 주세요. 그러다 우리도 하나 둘 옴마 아버지 곁으로 올라가서 온 가족이 재회하는 그날까지, 똥강아지들 잘살게요. 옴마가 애지중지하던 장손은 대학 졸업이 코앞이고 외손들도 제각각 어른이 되어서 결혼한 놈고 있고 두 놈은 미국으로 유학 갔어요. 고것들 부모가 학비 댄다고 쌔가 빠지게 일하는 것이 영락없이 옴마 아버지 닮았어요.

아참, 옴마! 몇 가지 여쭐 것이 있어요. 외할아버지의 목숨 값으로 산, 그 산 말여요, 산 아래 밭에 그늘이 져서 농사가 안 된다고 벌목을 해 달라는디요, 어쩌까요?

작약도 팔아야 허고 더덕도 캐다 팔아서 옴마처럼 돈을 사야 쓰겄는디요, 우리 똥강아지들은 뭘 어떻게 해야 되는지 당최 모르겄네요.

옴마의 관절염이 낱낱이 모종한 작약은 새끼를 쳐서 무더기, 무더기를 이루었고요, 트랙터 아니면 캘 수가 없고요. 더덕더덕 무리 지은 더덕은 쇠스랑으로 캐서 봤는디요, 풀숲에서 자랐어도 뿌랭이들이 제법 굵직굵직 하더고만요. 쇠스랑질 그거 여간 힘든 게 아니더고만요. 옴마 아버지는 그 작은 몸으로 어떻게 그 고단한 농사일을 해내셨능가요! 그 많은 농사짓느라 얼매나 힘드셨능가요!

참회의 눈물은 차츰차츰 매말라가는디요, 사무침이 하늘을 찌를 때가 많어요. 그럴 때마다 옴마 아버지가 두고 가신 전답들을 삐이잉 둘러보는디요. 그러다가 형체만 남은 호미를 발견했을 때는 숨통이 콱 쪼그라들어서 죽을 뻔했당게요. 그럴 땐 어쩌지요?

깜깜해진 시방도 눈발은 중구난방으로 휘날리고요, 문 틈새로 들어오는 한풍은 어깨를 들쑤시고요. 무단 침입한 쥐새끼가 날고구마 갉아 먹는 소리맹키로 씨부렁거리는… 이 딸내미의 씨잘데기 없는 소리, 듣고 있지요?

옴마! 답장은 안 하셔도 돼요. 시시때때로 다녀가시는 옴마의 기운, 제가 다 알아채고 있어요.

형체는 볼 수 없어도 옴마의 기운은 어디에서도 느낄 수 있당게요. 그 기운이 얼음장을 녹이며 새봄에게 손짓하고 있잖어요. 새봄이 오면 옴마가 심어 놓고 가신 대봉시 나무에도 새싹이 돋아나겄지요. 아무 일도 없었다는 듯, 더덕도 작약도 다시 파릇파릇 돋아나겄지요. 고것들이 올해도 꽃대를 밀어 올리는 날, 꽃구경하러 오세요, 옴마!

옴마 아버지의 땀 냄새를 기억하는 우리 집에서

똥강아지 드림

⁂ 자기 소개

**유순예** | 전북 진안고원에서 태어나고 자랐다. 2007년 『시선』에 시를 발표하면서 창작 활동을 시작했다. 서울시 교육청 연계 평생학습 프로그램 〈끼적끼적 시작〉 문학 수업 강사로 활동하다가 2018년 귀향했다. 현재 한국작가회의 한국시인협회 전북작가회의 민족문학연구회 회원으로 활동 중이며 부모님이 놓고 가신 농토와 농가주택을 관리하면서 짬짬이 진안읍 주민자치 프로그램 〈묵향 캘리그래피〉 학습자들과 어우렁더우렁 살고 있다.

『당신이 그곳에 계시는 동안』 『속삭거려도 다 알아』 『호박꽃 엄마』 『나비, 다녀가시다』 유순예 시집이 있고 『들어라, 전라북도 산천은 노래다』 『우리 모두가 세월호였다』 『촛불은 시작이다』 『독립운동의 접두사』 등의 공저가 있다.

# 평안남도 강서군 신정면 사리–내 아버지 고향

윤숙희 (평양)

태어나 보니 남이랑 북으로 땅덩이가 쩍 갈라디여서, 서로 오고 갈 수도 없는 분단된 나라였디요. 태어나 보니 내 아버지는 한국전쟁 때 끌려 내려와 거제도 포로수용소에서 고문받은 전력이 있는 반공포로였습네다. 나는 그저 그 반공포로의 딸내미였디요.

아바지는 내 네 살 적에 고문 후유증으로 끝끝내 세상을 뜨셨습네다.

내 위로 오빠가 하나 있었디만, 약 한 첩 못 써보고 열경기로 죽고, 내 밑으로 있던 녀동생 둘은 서울 불광동 동네 교회에서 목사니 전도사니 하는 사람들이 미국 가면 좋은 부모 만나서 잘 먹고 잘 배울 수 있다며 입양을 보내 버렸습네다. 지금까지 생사

신고도 못 하고 삽네다. 세계 유전자은행에 어머니 DNA 기록을 보냈디만, 다섯 해가 내리 지나도록 소식이 없습네다.

누가 내 네 살 전 기억을 되살려만 준다무 내 팔 하나 내놓으라 해도 기렇게라도 해서 기억을 붙잡고 싶었습네다. 물 젖은 거울에 대고 손바닥으로 쓱싹쓱싹 문지르문, 손바닥 지나간 만큼만 형태가 보이다가 다시 물방울로 또르르 흐려지는 기처럼, 아무리 애를 쓰구메도 아바지 살아생전 모습이 내게는 떠오르는 기 없습네다.

그저 어머니가 들려주던 몇 가지 이야기로만 머릿속에 그림을 그려볼 뿐이디요.

"오늘은 제 동생 때문에 부아가 났는지, 숙희가 밥도 안 먹고 투정을 부리길래 엉덩이를 한 대 툭 쳤더니 울다 잠들어 버렸네유~"

충청도가 고향인 어머니 말이 떨어지기가 무섭게, 아바지는 손도 안 댄 밥상을 윗목으로 밀어버리구 잠든 나를 말도 없이 토닥여 주셨다지 않습네까. 일하러 가는 아바지가 안 보일 때까지 내 키보다 높은 창밑에서 깡충깡충 뛰문, 아바지는 가던 길 돌려 오셔가 십 원짜리 종이돈을 손에 쥐여 주고 다시 가셨다지 않습네까. 두렵고 겁나는 일을 만날 때마다 그 장면을 떠올리문 꼭 장대비 쏟아지는 날 큰 우산을 쓴 것처럼 마음이 고마니 놓이곤 했습네다.

어마니는 늘 앓았고, 나무로 짠 쌀통은 비어 있었고, 밤이 되문 천장 쥐새끼들만 구멍 뚫린 데를 호다닥 쏘다니느라 사나웠디요. 너무 추워가꼬 대접에 물이 얼던 방에 이불을 다 꺼내 덮어도 어마니 코랑 내 코는 늘 쌩하니 찼습네다.

몸 좀 괜찮아진 날이문 어마니는 문구점 크게 하는 권사네 집 가서 밥해주고 큰 솥에서 나오는 가마치(누룽지)를 얻어오셨는디, 난 그날이 제일 좋았습네다. 그 가마치는 참 신묘했디요. 열 조각 스무 조각 내서 물 붓고 끓이문 배고픈 걱정, 약 사러 가야 하는 걱정, 천장의 쥐가 내 이마로 또 떨어지면 어쩌나하는 걱정이 싹 가시곤 했디요.

가정폭력에 시달리던 열여덟 어마니가 서울 와서 고생만 하다 겨우 칠 년 살다갈 내 아바지를 만나가, 인생에서 안 겪어도 될 일들을 보따리 풀 듯 펼쳐놓았디요. 그 못 자국 같은 고생 줄기들이 밤이 되문 어마니 몸을 굳게 하고 통증으로 찾아오곤 했습네다.

나는 어마니 죽을까 봐 불광동 독박골 오른짝의 프린스 약국으로 무작정 내달렸습네다. 약국 문을 두드리문 아저씨가 우산을 쓰고 나오셔가 기다리라 하고 문을 따고 들어갑네다. 대문 앞에서 기다리다 보문 어쩌다 지나는 차 불빛에 비로소 보입네다. 약국 대문이 청록색인 거랑, 비가 하염없이 내리는 그 찰나의 광경이 눈속에 섬광처럼 박혀 있습네다.

국민학교 시절, 도시락을 못 싸가는 나는 늘 운동장 수돗가에 앉아 있다가 애들 밥 다 먹으문 교실로 들어갔디요. 육성회비 못 내서 빰 맞던 날엔 집으로 가면서 늘 두 가지 생각을 했습네다. '아픈 어머니가 언제까지 내 옆에 있어줄까', 그리고 '집에 갔을 때 어머니가 죽어 있으문 난 누굴 찾아가야 하나'.

전기세, 수도세 받으러 오던 아주머니 두 분 중에 누가 더 살가웠던가, 누구한테 가서 말해야 하나…그걸 결정하는 기 내가 집에 가기 전 하던 일이기도 했습네다.

아바지 돌아가신 그 집에서 철거가 시작되고, 부엌이 사라진 집에서 밤마다 들리는 기계 소리가 무서워 귀를 막고 잠들었습네다. 동네 친구들 다 떠나고 고등학교 1학년 때야 부엌이 없는 집이지만 이모 도움으로 이사를 했디요.

매일매일이 불안하던 시절을 하루씩 견뎌낸 어머니와 나는 사선을 넘어온 동지가 되었습네다. 내 간절한 소원을 산신령께서 들어주셨는지 어머니는 아흔 넘은 연세로 지금 내 옆에 계십네다.

나는 결혼해서 아이 둘 낳았고 다들 제 몫 하며 잘 삽네다.

서른여덟에 네 아이 아바지였던, 평안남도 강서군 신정면 사리가 고향인 내 아바지의 아바지는 돌아가셨겠디요. 북에 계신 얼굴 모를 작은할아바지, 작은아바지, 고모와 그 자손들에게 편지를 씁네다.

만나고 싶습네다.

보고 싶습네다.

이야기 나누고 싶습네다.

내가 아바지를 많이 닮았다는데, 우리 만나문 단번에 알아볼 수 있갔습네까? 어른들께서도 아바지랑 우리가 그리웠는지, 할아바지는 고등학생 큰아들 잃고 어떻게 살아오셨는지 듣고 싶습네다.

아바지 살던 강서 땅 곳곳을 다녀보고 싶습네다. 아바지 다니던 학교길, 동창들, 그 자손들도 만나고 싶습네다. 들판이랑 강물, 산에도 오르고 싶고, 문익환 목사님 시처럼 거리거릴 거닐면서 웃고 얼싸안고 뛰어다니고 싶습네다.

## 잠꼬대 아닌 잠꼬대

난 올해 안으로 평양으로 갈거야/ 기어코 가고 말거야 이건/ 잠꼬대가 아니라고 농담이 아니라고/ 이건 진담이라고

(중략)

아 그 한 마음으로/ 칠천만이 한겨레라는 걸 확인할 참이라고/ 오가는 눈길에서 화끈하는 숨결에서 말이야/ 아마도 서로 부둥켜안고 평양 거리를 뒹굴겠지/ 사십사 년이나 억울하게도 서로 눈을 흘기며/ 부끄럽게도 부끄럽게도 서로 찔러 죽이면서/ 괴뢰니 주구니 하며 원수가 되어 대립하던/ 사상이니 이념이니 제도니 하던 신주단지들/ 부수어버리면서 말이야

뱃속 편한 소리 하고 있구만/ 누가 자넬 평양에 가게 한대/ 국가보안법이 아직도 시퍼렇게 살아 있다구/ 객쩍은 소리 하지 말라고

난 지금 역사 이야기를 하고 있는 거야/ 역사를 말하는 게 아니라 산다는 것 말이야/ 된다는 일 하라는 일을 순순히 하고는/ 충성을 맹세하고 목을 내대고 수행하고는/ 훈장이나 타는 일인

줄 아는가/ 아니라고 그게 아니라구/ 역사를 산다는 건 말이야/ 밤을 낮으로 낮을 밤으로 뒤바꾸는 일이라구/하늘을 땅으로 땅을 하늘로 뒤엎는 일이라구/ 맨발로 바위를 걷어차 무너뜨리고/ 그 속에 묻히는 일이라고/ 넋만은 살아 자유의 깃발을 드높이/ 나부끼는 일이라고

벽을 문이라고 지르고 나가야 하는/ 이 땅에서 오늘 역사를 산다는 건 말이야/ 온몸으로 분단을 거부하는 일이라고/ 휴전선은 없다고 소리치는 일이라고/ 서울역이나 부산, 광주역에 가서 평양 가는 기차표를 내놓으라고/ 주장하는 일이라고

이 양반 머리가 좀 돌았구만

그래 난 머리가 돌았다. 돌아도 한참 돌았다/ 머리가 돌지 않고 역사를 사는 일이/ 있다고 생각하나/ 이 머리가 말짱한 것들아/평양 가는 표를 팔지 않겠음 그만두라고

난 걸어서라도 갈 테니까/ 임진강을 헤엄쳐서라도 갈 테니까/ 그러다가 총에라도 맞아 죽는 날이면/ 그야 하는 수 없지/ 구름처럼 바람처럼 넋으로 사는 거지

문익환 목사님은 이 시 「잠꼬대 아이요, 참말이요」를 내놓으시고는 기대로 평양으로 가셨습네다. 돌아오는 길에 비행기 안에서 국가보안법 위반으로 잡혀가셔가, 징역 열 해에 자격정지 열 해를 선고받으셨디요.

목사님은 이 시에서 "잠꼬대가 아이요, 롱담이 아이라, 이건 진담이요." 하셨디만, 기걸 참말로 받아들인 사람이 어데 몇이나 됐갔습네까? 다들 객쩍은 소리 말라며 혀를 찼갔디요.

하디만 나는 알았습네다.

목사님 하신 그 말씀이 생짜 진담(참말)인 줄을 나는 단번에 알았습네다. 내게도 그건 언제나, 한 번도 변한 적 없는 진담입네다.

## ⁑ 자기 소개

**윤숙희** | 20대 초반부터 활자와 편집디자인과 인쇄 전반에 관심을 갖게 되면서 십여 년간 편집디자이너로 일을 했습니다.

한국전쟁이 만든 비극은 남으로 북으로 갈라진 분단국가로 살게 되어 아직도 가족의 이름으로 만나지 못하고 사는 것뿐만이 아니라 나의 두 명의 동생들 역시 1970년 아버지가 돌아가신 이후 해외 입양되어 지금까지 생사조차 모르고 살고 있는 현실이 기가 막혀 민주화운동, 통일운동에 관심을 가지게 되었습니다.

청년 시절 민주화운동에 눈을 뜨고 시민단체 '민주쟁취국민운동본부'에서 활동을 시작했고, 결혼과 출산 이후 여성단체에서 12년간 활동했습니다.

3년 전부터는 '자주통일민족위원회'와 '국민주권당'에서 통일에 더욱 가깝게 가기 위한 활동을 해오고 있으며, 지역에서 '고양환경운동연합' 회원을, '파주용주골성매매집결지에연대하는시민모임'으로도 활동 중입니다.

# 사랑해 엄마

이영일 (흑산도)

> ‘엄마, 미안해!’로 시작된 메모가 적힌 일기장은 공교롭게도 2년 전 오늘이었다. 희망을 잃어버린 어느 날 어무니에게 남겼던 짧은 메모에는 못다 한 얘기들이 참 많이도 남아 있었고, 2년이 지난 오늘 팔순 노모에게 다시 편지를 쓴다.

어무니, 요즘 눈이 솔찬히 내렸는디 보일러는 잘 틀어놓고 지내시제라? 여름에 지름통은 꽉 채워 놓긴 했는디 지름 애낀다고 보일러도 안 틀고 지내는 건 아닌지 모르것구만이라.

아부지는 태평양 사마도로 돈 벌러 가시고 어무니 혼자 우리 오남매를 키우던 중학교 시절이 자꾸 생각나는구만요. 어무니 따라서 산에 땔감나무 하러 댕길 때가 참 좋았던 거 같어라. 숲은 교과서였고 어무니는 나무 한 그루, 풀 한 포기 모든 걸 다 가르쳐주던 기억이 생생하당께라. 산에 갈 때면 나는 머시마랍시고 톱으로 나무를 비었는디 톱질하기 좋은 쨋밤나무를 골라주시고, 어무니는 옹낫으로 나뭇가지들을 쳐서 모아 둥어리를 만들었제라. 불쏘시개로 쓸 솔꽁은 갈쿠로 긁어 헝서리에 가득 담어주고요. 그걸 짊어지고 다녔던 그 산길은 이제 군불을 떼지 않으니 벌목을 하지 않아 울창한 숲으로 변했드라고요. 집 모퉁이 바도양에서 장작을 팰 때면 행여나 다칠새라 옆에서 지켜봐 주시던 어무니의 얼굴이 눈에 선하구만이라.

아침이면 애기들 추울깝시 새벽에 한 번 더 군불을 넣어주는 줄도 모르고 우리는 원래 방구들이 좋아서 아침까지 열기가 지속되는 줄만 알았제라. 우리 오 남매가 방에서 얼마나 뛰어 놀았등가 하루는 구들이 내려앉아서 그 무거운 방독을 들어내고 어무니는 구들을 고쳐야 했제라. 잘게 썬 뽈대를 진흙에 반죽하며 옆에서 뽀짝거리며 개어서 옆에서 거들어디리던 기억이 흐릿한데 지금 생각하면 일을 방해만 했던 것은 아닌지 모르겄어라.

서울에 있는 학교들 졸업식과 입학식을 앞두고 섬에서는 꽃다발 장식에 사용될 동백나무와 사스레피나무 가지 채취가 한창일 무렵 어무니도 나무를 하러 다니셨는데 한아름도 더 된 커다란 둥어리가 겨우 4,000원에 판매되었던 생각이 새록새록 한당께요. 그때 그 나뭇가지를 사가던 홍배 엄마라 부르던 할머니 얼굴도 그립구만이라.

겨울방학을 하면 나는 동무들과 엉망골이라는 골짜기로 감탕나무 껍질를 벗기러 다녔고 그것을 꼬랑가에 앉아 도팍으로 찍고 물에 풀어가는 과정을 거치며 끈끈이를 만들곤 했제라. 자연에서 얻은 그 끈끈이는 침을 묻혀가며 다뤘고 사각 잉크병에 담아 동무들과 사냥을 다니곤 했제라. 그 감탕 끈끈이는 매끄럽게 뻗은 산딸나무 가지를 꺾어 정성스레 표면에 입히고 동백나무 언저리에 올라놓제라. 그라고 휘파람을 불며 동박새를 부를 때면 동무들의 눈은 초롱초롱 빛났고, 드디어 나타난 동박새가 끈끈이 가지에 앉는 순간 우리는 잽싸게 뛰어가 산 채로 생포를 하곤 했지라. 생포한 동박새는 대나무를 깎아 만든 새바퀴에 키움서 삶은 고구마로 먹이를 주었고 맑고 깨끗한 동박새 울음소리로 하루를 시작했던 기억이 새롭기만 하요.

이웃 아짐들이랑 산으로 나물이며 약초를 캐러 가시면 마대한가득 캐 오실 때도 있었고, 어쩔때는 커다란 망태기를 머리에 이고 오실 때도 있었제라. 그 때 캐오시던 손모초는 구절초였고, 상출은 삽주였고, 더덕, 도라지 같은 나물도 있었는디, 집주라고 부르던 비비추는 옛날 섬사람들의 보릿고개 구황식물이었다는 얘기도 기억나는구만이라.

어무니, 보름달이 뜨는 사리 때 무렵이면 어둠이 오기 전에 물빠진 짝지에서 빤지락을 캤고, 고둥을 잡으러 어무니를 따라 갯

밭에 다녔던 바닷가 생활, 횃불을 켜고 전복이며 해삼을 잡으러 나가는 해바리 시기에는 저도 따라 나서서 노를 저었던 추억이 고스란히 남아있구만이라.

고둥에도 종류가 많았는데 보찰고둥, 명주고둥, 다사리고둥, 맵사리고둥 이름을 가르쳐 주셨고, 국을 끓이면 달걀 흰자를 풀어놓은 듯 국물이 시원했던 굴퉁, 지금은 거북손이라 부르는 살덩이 맛이 깔금한 보찰, 된장국을 끓여 먹었던 배말은 어무니를 따라 다니며 배웠던 소중한 보물이었당께라.

겨울이면 갯바위로 왕장구를 잡으러 다니셨고 부삭 앞에서 칼로 쪼개고 막둥이 밥먹던 작은 숟가락으로 알맹이를 꺼내 깨끗이 씻어내던 어무니의 꽁꽁 언 손등이 생각나요. 우리 섬사람들은 왕장구라 불렀던 그 구살을 요즘엔 말똥성게라 부르더랑께라. 주로 여름에 잡았던 꺼먼색 구살을 육지사람들은 보라성게라 부르는데 그 알맹이는 단맛이 나고, 왕장구는 씁씁한 맛이 강했는데 몽땅 일본으로 수출한다고 했던거 같구만요.

어무니, 중학교 3학년 때는 아부지도 사마도에서 귀국하셨고, 추석을 맞아 가족 모두가 외가집에 가셨는데 저만 혼자 집에 남았다가 친구들과 땜마를 노를 저어 이웃 마을에 갔던 적이 있제라. 그때는 섬마을에 전기가 없던 시절이라 텔레비전을 본다고 친구가 친척 집으로 배터리를 가지러 가자하여 중학생 4명이 위험한 바다로 노를 저어 나갔던 것이제. 빠른 조류를 만나 죽어라 노를 저어 무사히 다녀오긴 했지만 중학생들이 감당하기엔 매우 위험했던 뱃길이라 추석이 지나고 아부지한테 매를 맞으며 혼났던 기억도 있당께라.

물살이 거센 사리 때라 까딱했으면 동지나해로 떠내려갈 뻔 했지라. 훗날 20대 초반에 섬에 들어왔을 때는 봄철이면 흐칸 안개와 사나운 파도를 이겨내며 섬사람이 되어가는 과정도 숱하게 겪었제라. 그럴 때 마다 어무니는 항상 곁에서 나를 응원하고 격려해주며 힘이 되었는데, 요즘은 걷는 것 조차 힘겨워 하는 모습을 볼 때면 지 맴도 메어지는구만이라.

어무니, 몇 년 전에는 힘든 밭일은 줄이고 대신 소일꺼리 삼아 닭이나 몇 마리 키워보시라고 닭장을 짓고 부화된 뺑아리를 가져다 드렸는데 지금은 그 일마저 힘에 부치는 것 같습디다. 닭모이 하신다고 서숙과 봄똥을 경작할 때면 밭갈이 때문에 늘 힘드셨는데, 아들이 관리기 빌려다가 로타리 쳐 준다해도 아들 힘들다고 일찌감치 쇠스랑으로 서둘러 밭을 일구시니 어무니 허라가 아무리 튼튼한들 전더나것쏘.

자식들한테 보내주겠다고 고구마는 또 얼마나 심으셨당가요. 바빠서 고구마 캐러 못가는 해에는 그 힘든 일을 두 분이서 다 하시고 내년에는 제발 고구마 심지 말라고 해도 매번 또 심으시니 고구마 먹을 때 마다 목구멍이 콱 맥혀블구만이라. 어렸을 때는 고구마를 감자라 불렀고, 감자를 북감자라 불렀는데 요즘은 육지식으로 이름이 다 바뀌어버렸구만요. 내가 고등학교 다닐 때까지는 고구마를 점심 주식으로 먹었으니 당시에는 안방 한 쪽에 대나무 발장 칸막이를 만들어 고구마를 저장했고 어렸을 때는 그 고구마 배늘을 놀이터 삼았던 기억이 생생하구만요. 고구마를 얇게 썰어서 말렸던 빼깽이 맛은 지금도 여전히 그립구만이라.

2005년 여름에 이웃섬 홍도로 발령이 나고 낯선 섬에서 생활하는 동안 홍도서덜취라는 잘 알려지지 않은 생소한 특산물 얘기를 들었제라. 흐릿한 사진을 보니 취나물 종류인데 도시의 박사님들이 식물조사를 하면서 지어놓은 이름이더랑께라. 나는 그 실체가 없는 식물을 과연 섬사람들은 뭐라고 부르고 있는 것일까 수소문을 시작하고 주민들한테 물어봐도 아는 사람이 아무도 없드랑께라. 다만 나름 추정하기는 우리 흑산도에서 부르는 참취가 아닌가 하는 심정만 있을 뿐이었제라.

흑산도에는 취나물이 크게 두 종류로 섬사람들이 식용으로 하는 참취와 식용하지 않았던 개취가 안 있능가요. 80년대 들어서면서 육지 관광객들이 개취를 보더니 나물로 무쳐먹는다 하여 이 때부터 섬사람들도 개취를 먹기 시작했는데 바로 이 개취의 공식적인 이름을 참취라고 붙였습디다. 흑산도에서 참취라고 부르는 것은 박사님들이 이름을 만들어 놓은 홍도서덜취였던 것이제라.

이 과정을 알아내기까지 어무니의 도움이 없었드라믄 여태까지 그 실체를 모르고 있었을끄요. 어무니는 언제나 나와 우리들의 슨상님이었던 것이제. 그 흑산도표 참취를 섬사람들은 주로 가재미 국을 끓일 때 함께 넣어서 먹었는데 요즘은 섬 거의 대부분이 국립공원으로 지정되어 함부로 채취를 못하니 그 맛 또한 사라져버릴 것 같구만이라. 섬사람들의 전통 음식 문화까지 말살하는 국립공원 정책은 어서 손봐야될 것인디 걱정이여라.

어무니, 한 달 앞으로 다가온 팔순 생신이신데 나는 이번에 부모님 모시고 고등학교 2학년인 아들 녀석도 함께 동해안 여행을 함 가고 싶구만이라. 걸어다니시는 것도 귀찮다고 한사코 거절하셨지만 마침 방학 기간이기도 하거니와 싸목싸목 삼대가 함께 느릿한 여행을 함 해보고 싶어라우. 그랑께 이번에는 못이기는 척 따라와 주씨요이잉. 이번에 함께하지 못하면 평생 후회할 것 같아서 그러요. 어무니, 아들이 허벌나게 사랑하는거 알제라우.

⁂ 자기 소개

**이영일** | 섬사람으로 산다는 것은 나라 안에 또 다른 작은 나라에서 특별한 차별을 안고 살아간다는 것이다. 어떨 때는 육지 한 번 밟기가 해외로 나가는 것 보다 더 어려울 때가 많고, 육지에 고립되면 다시 섬으로 돌아가는 일이 까마득할 때가 있는데 오늘이 바로 그 날이라 나는 섬으로 돌아가는 여객선을 기다리며 목포라는 도시에 고립되어 편지를 쓴다. 28년 동안 섬마을 발전소에서 교대근무를 하다가 2024년 여름 184명의 섬마을 발전소 노동자들이 정리해고되는 아픔을 겪으며 현재는 생계투쟁으로 복직하는 그 날을 애타게 기다리는 해고노동자로 살아가고 있다. 다 같은 전기 불이 아니었던 섬마을 사람들은 늘 이방인이었고, 나는 오늘도 섬 언저리를 맴돌고 있다. (편집자 주: 이영일 선생님은 흑산도 '자산어보마을학교' 대표 일꾼입니다.)

**【흑산도말 풀이】**

- 지름통: 기름통
- 사마도: 남태평양의 사모아를 통칭하여 부르던 지명
- 잿밤나무: 구실잣밤나무
- 옹낫: 굵은 나뭇가지를 내려칠 수 있는 일종의 정글 낫
- 솔꽁: 소나무 잎이 떨어져 낙엽이 된 소이
- 헝서리: 그물로 만든 망태기

- 바도양: 건물 옆에 작은 공터
- 뽈대: 보리 이삭을 훑어내고 남은 보리 줄기, 보릿대
- 뽀짝거리며: 옆에 가까이 붙어서 일 따위를 거들어 주는 모양새, 가까이 다가서며 관심을 갖는 모양새
- 꼬랑가: 작은 소하천변
- 도팍: 돌멩이
- 감탕나무: 남쪽 도서 지방에 자라는 상록활엽수로 껍질을 찧어서 끈적끈적한 진액(아교질)을 만듬.
- 새바퀴: 대나무로 만든 새를 키울 수 있는 새장
- 빤지락: 바지락
- 해바리: 바닷물이 많이 빠지는 사리 때 횃불을 켜고 전복, 해삼 등을 잡는 어업 행위
- 배말: 삿갓조개
- 부삭: 아궁이
- 땜마: 노를 저어 다니는 작은 배로 두세 개의 노가 있다
- 흐칸: 하얀
- 배늘: 대나무 발장으로 임시로 만든 저장 시설, 곡식을 쌓아두는 저장 형태
- 홍도서덜취: 흑산도, 가거도, 홍도 일대에서 자라는 특산식물(나물)로 주민들은 참취라 부름
- 싸목싸목: 서두르지 않고 천천히

# 사갑아, 오랜만에 망월동 가서 니를 찾아어야

이중섭 (고흥)

그날 니를 만나러 간 것은 머시냐 참말로 예정에 없던 일이었제. 광주 결혼식장에 들렀다가 식사 후 마땅히 갈 만한 곳이 없는디, 마침 니가 있는 망월동이 가차워서 배도 꺼치고 바람도 쐴 겸 갔던 거시였어. 오랜만에 서울을 벗어나분 것도 좋은데 망월동에도 가게 되어 더 기분이 째지더라. 근데, 가만 생각해 봉께니 사갑 때 와 본 뒤로 벌써 삼 년이나 지나부렀더라잉.

겨울인데도 망월동은 따뜻한 거시 마치 봄날 같아부렀어. 이런 날은 산 밑 묏동에서 장꽁이 날개치기 좋은 날이제. 겨울 스산한 묏동을 생각하고 왔는디 날씨가 따뜻해부니 조금 뻘쭘하긴 하더라잉.

망월 묘역 입구에 놓인 방명록에 글 한 줄 남기고 들어갔다야.

'지웅, 광욱 친구! 평안하길….'

먼저, 니 묘로 올라갔제. 니는 여전히 말이 없재만, 그 자리에 있어서 마음이 놓이더라구. 니 무덤 뒤로 두어 구역이 더 생겨서 니가 마치 고참이나 된 느낌도 들더라. 조금 우습제. 우리 산 사람들은 그런 거 겁나게 많이 신경 쓴다, 잉. 하긴 니도 환갑을 지났으니, 아니제, 죽은 후로 환갑 맞은 사람은 '사갭'이라 부른다더라구, 이제 고참 대우 받을 만하건네, 뭐. 그잖아. 열일곱 살에, 아직 호적에 잉크도 마르지 않았을 나이에 화석처럼 굳어 버린 뒤로 벌써 몇 년이 흘러가분 거시여. 어휴, 오십 년 가차이 지나부렀네. 고참 대우 받을 만하구먼. 머 충분한 세월이제. 그때는 니 묏동 뒤로 아직 정리되지 않은 언덕이 어지러워븐는데 이제 깔끔하고 괜찮게 보이더라, 잉.

그날 묏동에서 니 얼굴보고 다음에 고등학교 친구 묏동으로 갔어야. 그 친구는 고등학교 졸업 후에 5·18 후유증으로 보대끼다가 저짝으로 간 친구제. 근디 요상하게도 합장묘라고 묘비에 두 사람의 이름이 써있더라구. 그라믄 영혼 결혼을 하고 합장했다는 말인 거신데, 시간 순서가 영 이해가 되지 않드라야. 딱히 누구한테 물어볼 사람도 없어서 그란갑다 하고 내비둬부렀어. 글고 보니 니 묘비에도 처 이름이 새겨져 있던디. 영혼 결혼 얘기를 들었다마는 왠지 나한테는 낯설게 느껴지더라. 산 사람들은 꼭 지기들 마음이 불편하니 이런 일을 하는 갑던디, 깊은 소가지를 나가 모르니 더는 뭐라고 말하기도 그러쌓고 하니 넘어가야제, 뭐.

여기 올 때마다 니와 더 오래 있고 있고 자븐디 매번 빨리 와 버려서 미안하더라구. 산 자들은 조금 그라제. 여기저기 얽힌 인연들이 많아서 온 짐에 한꺼번에 해치우려 하제. 하여튼 이 고등학교 친구 말고도 여러 망자 묘에 인사댕기고 싶더라만, 함께 온 사람들과 보조를 맞춰야 해서 니 곁에 오래 머물지 못해 미안해 죽겄더라. 니가 쫌 이해를 해 부러라, 잉.

그다음에 우리가 가려한 곳이 구묘역이었제. 거기 건너편에 있는 시립공원 묘지에 갈 참이었어. 항꾸네 온 여자 시인 분이 거기 묻힌 망자와 살짝 인연이 있는데 사연이 조금 특이해부렀어. 나 같은 글쟁이들은 그런 이야기가 있으면 꼭 직접 찾아가고 싶당께. 하여튼 니도 이해해 줘라, 잉. 우리는 천천히 구묘역 쪽으로 걸어갔거든. 날씨는 여전히 따뜻하고 좋아부렀어. 문득, 이런 곳에 퍼질러 앉아 막걸리를 한잔했으면 좋겠다는 생각이 들 정도였거든. 니도 잘 알꺼여. 시골에선 이런 봄 같은 날씨엔 산 아래 햇볕이 좋은 묏동에 앉아 막걸리 한잔 찌글어 불고 그러잔트라고. 묏동 자리가 맹당자리여선지 겨울에도 햇볕이 좋잖어.

꼭 그런 날은 장꽁도 산에서 내려와 묏동에서 날개치며 염병지랄 발광을 해대잖어. 이 장꽁이 니도 알다시피 참 멋진 녀석이제. 다른 지역에서는 조금 어리버리하다고 하던데 우리 시골 장꽁은 완전히 달라부렀짠아. 때깔도 멋져불고 모양새도 폼나불고 머리도 쌈박하니 영리했자너. 어릴 때 우리가 장꽁을 잡으려고 그렇게 쌔빠지게 뛰어댕개도 터럭 하나 만지지 못할 정도로 날쎄기도 했구. 나가 알기론 산짐승 중에 최고로 대그빡이 좋다고 자신 있게 말할 정도로 영리해부렀어.

장꽁하면 또 당연 '오끌 묏동'이 떠오르제. 어릴 때 입에 달고 살던 오끌 묏동. 그냥 어릴 때 멋도 모르고 오끌 묏동, 오끌 묏동하고 외고 댕겼던 거 기억나제. 나중에 알고 보니 옥천 마을에 사는 옥근이란 사람의 묘를 그렇게 우리가 느자구없이 부르고 댕겼더라구. 거기 옥근 묏동에 해 질 참에 장꽁이 폼나게 서서 꿩꿩, 때차게 울어쌓고 한 거 기억나제. 조지 꼴린지 양 날개죽지를 파닥거리며 사죽을 못쓰며 울어대짢어. 가만 생각해 보면 옥근 묏동이 맹당자리긴 맹당자리였어야. 거기 서서 사방을 둘러보면 참말로 맹당은 맹당이라는 거슬 금방 알 수 있어. 사실 풍수지리상으로도 옥근 묏동은 그 뭐야, 백두대간의 맨 마지막 혈자리처럼 보이긴 하잖냐. 호남정맥의 한 줄가리가 천등산까지 내려와 팔봉산으로 흘러서 저제골을 거쳐서 신선바위로 이어지잖어. 그 신선바위의 꼬리가 우리 마을 뒤를 둘러싼 땅재로 뻗어 내려오다가 그 마지막 혈점이 딱 옥근 묏동 그 자리로 뭉쳤어. 나가 딱 봐도 알겄더라구.

그 묏동에 서서 아래를 둘러봐도 맹당자리는 마찬가지제. 묏동 아래로 논밭을 죽 펼쳐지고 멀리 송냇가와 바다가 만나는 하구 지역이 바로 눈앞에처럼 가차이 보이자너. 거기 봄에 은어하고 모댈새끼들이 얼매나 파닥거리며 난리를 치고 그랬냐. 참말로 반짝반짝 튀어오르고 판때굿도 그런 굿이 없었제, 잉. 그 바다 건너편이 보성 득량만이잖어. 훤히 트였잖어. 그랑께, 얼마나 명당자리여. 옛날 사람들 말이 하나도 그짓말이 없어부러. 꽁이 둥지를 틀거나 노는 곳이 맹당 자리란 말이 무단한 소리가 아니제. 갑자기 죽은 니 앞에서 묏동이니 맹당이니 하니까 쬐금 미안하다만 어쩔거시냐, 니가 이해해야제.

참 나허고 니허고 둘이서 옥근 묏동에 장꽁을 잡으려 갔던 거 기억나제. 아마 국민학교 삼 학년 때였을 거시여. 둘이 밭 사이 꼬랑으로 기어가서 새총으로 장꽁 대가리를 봐불 요량이었제. 묏동 바로 턱밑에까지 가서 새총으로 쏘았는디, 아따, 돌멩이가 장꽁 대가리를 한참이나 빗나가 부렀제. 깜짝 놀란 장꽁이 우리 쪽을 쳐다보던 거 기억나제? 지 입장에서는 기가 막혔겄제.

"아니? 이런 좀마난 새끼들이 머하는 지껄이여?"

딱 이렇게 사투리를 썼던 거 니도 들었잖어. 얼매나 기가 막혔으면 그랬을까 싶긴 해. 거리가 한 십 미터나 되었을 걸. 그래도 우리는 잘하면 장꽁을 산 채로 잡을 수 있을 거 같아서 무조

건 소리 지르며 달려들었제. 그제야 장꽁이 아차, 싶었는지 몸을 돌려 재빨리 달아나기 시작해부렀어. 한 십 미터나 달아나다가 안 되겠다 싶었는지 공중으로 날아 올라가부렀어. 장꽁은 꼭 꽁꽁 울고 나서 날잖어. 새끼가 겁이 나면 꼭 꽁꽁, 이렇게 울고, 혼자 폼 잡을 때는 꿩, 꿩! 우렁차게 우는 거 니도 알제. 하여튼 멀리 땅재로 날아가더니 대내산으로 내빼부렀어. 잡아서 집에서 키울려고 했는데 참말로 아쉬워부렀어야.

여기서 잠깐만. 사실 망월동에 온 것은 니와 광욱이 말고 다른 한 사람을 더 볼라고 왔던 거신데 너한테 말하기가 조금 뻘쭘해서 하지 않았어. 저기 구묘역 건너편에 시립묘지공원이 있자너. 지금 우리가 만나려고 하는 사람이 거기에 있어. 나와 항꾸네 온 시인이 아는 사람이여. 얘기 들어보니 상당히 애달픈 사연인 거시여. 나가 글을 쓰는 사람이라 보니 그런 이야기에 귀가 솔깃하거든. 한번 들어 볼래. 시인이 말한 그대로 얘기해 줄게, 잉.

시인 시어머니가 첫 남편과 사별하셨는디 둘 사이에 자녀가 없었대. 남편은 망월동 시립공원묘지에 묻혔고, 묘지 관리비를 어머니가 재가를 한 후에도 내게 되었나 봐. 언젠가 가족끼리 5·18 묘역 참배 왔던 길인데, 시인이 어머니에게 혹 그분을 찾아가 보시겠냐고 여쭸는데 고개를 흔들며 아니라고 하더래. 재혼했는데 어떻게 찾아가겠냐고, 니그 아버지께 도리가 아니라고 하셨대. 한참 시간이 지난 후에 시인이 관리비 지로용지가 우체통에 있어 어머니에게 가져다드렸다가 혼잣말을 하는 것을 듣게 되었대.

"나 죽으면 이 일을 어째야 쓰끄나"

어머니 사후에 시인이 관리비를 납부했지만, 딱히 묘소에 찾아뵌 적은 없었다고 그래. 이번에 담양 글집에 머물다가 어느 날, 여기 망월 묘역에 들르게 되었는데 생각이 나서 그분 묘를 찾았드란다. 글집이 망월동과 가찹거든. 그분의 묘비 앞에 서서 망자와 어머니의 연을 생각하며 잠깐 기도를 했다네.

'편히 쉬세요. 어머니께서 선생님을 깊이 사랑하셨습니다.'

시인은 마치 오래된 숙제 마친 것처럼 마음이 편해졌다고 말하더라구. 니가 알아도 괜찮을 거 같아 말하는데, 시간 나면 한번 찾아가 봐도 괜찮을 거시야. 왜 그랴? 쬐깐 기분이 그렇긴 하건네. 그렇다고 그런 눈으로 보지 마러. 그냥 하는 소리라 생각하고 흘러부러.

그날 우리는 구묘역에 가서 건너편 시립공원묘지를 바라보았어. 시인이 저쯤에 그분이 안장되어 있다며 손으로 가리키더라구. 우리는 조용히 그쪽을 바라보며 한참을 서 있었어. 그리고 천천히 다시 돌아왔던 길로 내려오고 말았어. 왜냐면 행여나 우리가 찾아가면 그분이 뻘쭘할 것 같아서였제.

아까도 말했지만 망월 묘역을 걷는 내내 날씨가 너무 좋아부렀어. 아직 색 바랜 잔디가 무성한 곳마다 햇볕이 옹송하니 많이 모여 있었구. 이런 날은 장꽁처럼 묏동에 올라 대차게 소리치고 싶기도 한 날이제. 한참 내지른 뒤에 한잔하고 풀밭에 누워 낮잠이나 자면 좋을 날씨더라구.

"저 짝에 퍼질러 앉아 딱 막걸리 한 사발 했으면 좋겠네, 잉."

수술 후 가끔 막걸리 한 사발 마시고 싶을 때가 있기는 하더라구. 딱 그날이 그런 날이었던 거시제.

"이런 엄숙한 곳에서 무슨 막걸리 얘기를 하고 그라요, 잉?"

시인이 웃으며 말하더라구. 시인도 고양시에서 산황산 살리기 활동하느라 얼굴이 말이 아니었는데 여기 담양 글집에 내려와 있더니 많이 좋아졌더라구.

"올라가지 마시고 여기 눌러 안즈씨요, 잔. 얼굴이 좋으시요, 잉."

"그라요? 얼마나 신간이 편한지 모르겠소, 잉!"

하지만 시인이나 나나 다시 올라가야 하고, 또 갈 수밖에 없다는 거 뻔하잖어. 인간은 자신은 모르지만 주어진 길을 걷게 되어 있더라구. 환갑을 넘기고 큰 수술을 받고 여러 일을 겪고 나니 세상일이 참말로 간단하고 단순하게 보이기 시작하는 거시여. 이렇게 도 닦은 사람이 돼 불면 저승사자와 친구되는 법인데, 참말로. 하지만 그것 또한 어쩔 수 없는 일이제, 어짜것냐?

아, 참. 나가 자주 오지 않더라도 속으로 그냥 그런갑다, 해줘. 갈수록 시간이 빠듯하니 힘들고 그래서 그래. 그라고, 음, 혹 목에 하얀 테를 두르고 질게 꼬랑지를 늘어뜨린 장꽁 한 마리가 니 무덤 위에 나타나거든 그놈이 나라고 생각하고 이쁘게 봐줘, 잉. 나가 요즘 꿈속에 자주 어릴 적 모습으로 시골 들판을 뛰어댕기거든. 그러다 어느 순간에 장꽁이 되어 옥근 묏동에서 대내산까지 막 날아다니기도 하고 그래. 잠에서 깨고 나서도 한참이나 나가 장꽁인지, 장꽁이 나인지 조금 헷갈릴 때가 많어. 그러니 니 묏동에 장꽁이 와서 울거든 나인줄 알고 살갑게 맞아 주는 거 잊지 말고 영님해 주면 고마울 거시여, 칭구! 알겄제!

⁂ 자기 소개

**이중섭** | 소설을 씁니다. 전남 고흥군 풍양면 유자 마을에서 태어났습니다. 전라도 광주에서 고등학교와 대학교를 나왔습니다. 지금은 서울에 삽니다. 고등학교 2학년 때 80년 5·18을 마주했고 시골 친구를 잃었습니다. 국가와 인간에 관해 많은 생각을 합니다. 장편 「포토타임」과 단편소설집 『직박구리가 사는 은행나무』를 출간했습니다. 2026년 현재 광주일보의 〈수필의 향기〉, 인터넷 신문인 남도인사이드의 〈이중섭의 책 이야기·리뷰〉에 글을 씁니다. 매년 11월 마을 앞 유자축제 때에는 언덕배기 밭에서 일하며 고향에 대한 글을 궁구합니다.

# 황왕주 교감 선생님께

이희출 (서산)

60에 뿔이 조금 돋아난 나이[1])를 먹은 지금, 선생님과 헤어진 세월을 헤아려 보니 40년이 훌쩍 넘어섰습니다. 그 세월을 돌아보며 선생님을 호명하니 고요한 날 갯반닥[2])을 덮으며 밀려오는 아홉 매[3]) 사리 밀물처럼 감회가 출렁입니다.

우리 고향 사람들이 예전부터 쓰던 말을 글로 꿰어보려고 그러모으다 보니 문득 선생님이 떠올랐습니다. 내둥[4]) 기별도 없다가 이제야 편지를 올리는 불초한 저를 그야말로 시절텡이요[5]), 개갈딱지 읎는[6]) 제자라고 갈량[7])하셔도 변명할 말씀이 눈꼽찌렝이8)만큼도 없습니다.

얼마 전, 페이스북에 중학교 2학년 때 선생님이 뿌려놓은 기억 한 토막을 갈무리해 올렸습니다. 제 글을 읽은 동기 하나가 졸업 앨범에 담긴 교감으로 근무하시던 선생님의 사진을 보내왔습니다. 그 옛날 선생님의 사진을 보니 으진[9] 엊그제 일인 양 싱그러운 기운이 퍼져 저절로 웃음이 납니다. 페이스북에 올린 내용은 이렇습니다.

지금까지 선생님이라 부르던 이 가운데 내 의식에 또렷하게 남아있는 한 분이 있다. 중학교 1, 2학년 때 교감이었던 분인데, 그는 다른 교사와 비교할 수 없을 정도로 독특했다.

그는 체구가 우람하고 목소리가 굵고 당당했다. 학교 밖에 있는 이들은 그가 교장인 줄 착각하곤 했다. 그도 그럴 것이 그 당시 교장은 키가 보통 사람보다 키가 작은 데다 몸집은 똥똥했다. 게다가 어디서 구입했는지 자신의 체구와 딱 맞춤인 난쟁이똥자루[10] 같은 자그마한 오토바이를 타고 다녔다. 1979년 시골 학교에 자가용을 타고 다니는 교사는 전혀 없었던 가운데 교장의 그 도드라진 모습은 문명의 가장자리에 있던 우리 눈길을 붙들기에 충분했다. 짓궂은 아이들은 다소 희극적으로 느껴지는 교장의 모습을 화상딴지[11]라 놀리며 낄낄거리곤 했다. 우리의 그런 시선을 아는지 모르는지 교장은 내남보살[11]처럼 몸짓과 동선을 한결같이 유지했다. 그러니 다른 이들이 그를 교장으로 착각하는 건, 선입견을 감안하더라도 전혀 부자연스러운 판단이 아니었다.

그런데 교장보다 현격한 우위를 점하고 있는 외모보다, 더욱 차이가 나는 바가 하나 더 있었다. 교장과는 달리 그는 직접 교실에 들어와 수업을 진행하곤 했다. 가끔씩 어떤 교사가 결근하는 경우, 그 시간에 그가 대신 들어와 수업을 진행하는 것이다. 그런데 결근한 교사의 과목을 가르치는 게 아니라, 기기묘묘한 자신만의 학설을 흥미진진하게 펼쳐내는 것이다.

또한 일단 수업을 시작했다 하면, 쉬는 시간 없이 두 시간을 연속으로 진행하는 것은 기본이었다. 어느 날은, 명절 앞둔 홍일 떡방앗간에서 가래떡 뽑듯 무려 세 시간을 쭉 이어간 적도 있다. 이에 교사들은 그야말로 피치 못할 상황이 아니라면 결근할 생각을 하지 못하게 되었다는 소문이 전교생이 알 정도로 파다하게 돌았다.

그는 우리의 찬사와 존경을 한 몸에 받았다. 근엄한 풍모에다 박학다식한 그는 일품인 연기력을 발휘하며 청산유수로 수업을 풀어냈기 때문이다. 수업을 마치는 종소리가 교실과 복도에 가득 차도 그는 눈을 씽끗도 않고[12] 자신이 늘어놓은 학설을 끊기지 않게 이어가기에 여념이 없었다. 아이들은 오줌보가 빵빵하게 부풀어 오르는데도 화장실을 갈 수가 없었다. 왜냐, 그의 이상한 수업이 너무나 재미있어, 한 토막이라도 놓치고 싶지 않기 때문이었다. 수업 중이라도 화장실을 가도 된다고 했는데도 우리는 마치 왕비 앞에서 아리비안나이트를 듣는 바그다드의 왕처럼, 교탁에서 메텡이[13]로 상수리나무의 중동을 훌티려대는[14] 듯이 수업에 열중하는 그를 향해 골똘했다.

출석부와 교과서를 옆구리에 끼고 수업하러 온 교사들은 복도에 서서 그가 열띠게 수업하는 걸 잠시 들여다보다 '소 팔러 가는 데 개 쫓아가'는 듯 난감한 표정으로 교무실로 되돌아갔다.

"암체두[15] 이왕 시작헌 거니께, 한 시간은 더 얘기해야 끝날 거 같다. 얘들아, 괜찮것지?"

"예!"

그는 사막에 사는 낙타가 모진 모래바람을 견디는 뛰어난 신체적 능력을 설명하기 위해 코를 벌름거리며 낙타가 하는 행동을 흉내 냈다. 앞에 앉아 있는 우리는 왁자

한 소리를 내며 뒤집어졌다. 그밖에 지구의 기상현상과 신묘한 천체물리학까지 동원하며 우리의 상상력을 안드로메다까지 이르게 했다. 도대체가 모르는 게 있을 것 같지 않을 아이들을 다루며 가르치는 데는 심서리[16] 선생님이었다. 그렇게 수업에 열정을 품고 있는 그를, 교감으로 승진시켜 결근한 교사의 수업이나 대체하게 했던 것은, 그 당시 교육 행정의 큰 실책이 분명하다.

나는 그분의 수업 가운데 특히 우리 지역의 언어가 서울말에 비해 얼마나 훌륭한지를 설명하는 대목이 가장 재밌고 인상 깊었다. 그분은 우리가 사용하고 있는 충청도 말이 얼마나 경제적이고 과학적인지를 힘주어 설명하며 이해시키려 애를 썼다. 우리의 충청도 말은 의미가 압축된 것이 특징이며, 따라서 매우 경제적이라는 게 그의 지론이었다. 한 가지 사소한 단점은 있다, 말이 다소 느릴 뿐인데 그것은 문제가 아니라며 일축했다. 촌에서 자라며 막연한 대도시 문명에 대한 선망과 아울러 열등감에 휩싸여 우리 지방의 말을 스스로 깐보는[17] 생각을 일시에 농집내며[18] 한없이 뿌듯하게 했다. 그 당시 젊은 교사들은 타지방 출신인 데다 표준말로 수업했기 때문에 우리가 유소년 시절까지 배우고 익힌 충청도 스산(서산) 사투리는 그저 먹다 냉긴 떡[19] 같다고 여기고 있었다. 어떤 교사는 아이들에게 아예 사투리를 쓰지 못하게 하고, 이른바 서울말을 쓰도록 강제했다. 태어나서 몸에 밴 우리의 언어는, 그렇게 구박을 받았으며 왠지 모를 열등감에 시달리게 했다. 그것은 일종의 문화적 폭력이요, 정서의 정체성을 무시한 가구도 읎고[20] 개갈딱지 안 나는[21] 훈육이었다는 걸 나중에야 깨닫게 되었다.

이에 비해 그는, 우리 지방의 말이 얼마나 뛰어난 언어 체계를 바탕으로 하고 있는지 다음과 같은 예를 들며 우리의 의식에 자존감을 심어주려 애썼다.

"어른이라고 하면 입을 긴장시키고 힘을 줘야 혀. 근데 '으른'이라고 해 봐. 발음하기 참 쉽지?"

"예!"

"얘들아 잘 들어 봐. 서울에 사는 바람둥이가 있어. 여자를 꼬드기려고 이렇게 말하는 거야. '사모님, 날씨가 매우 좋습니다. 저와 함께 춤을 한번 추실까요?' 이거 얼마나 길고 에너지 낭비가 심허냐, 그지? 근데 우리 충청도 바람둥이는 심(힘)이 하나도 안 들어. 말이 압축적이어서 경제적이거든. 여자한테 슬슬 다가가서 이렇게 말

허먼 되는 거여."

듣고 있는 우리는 그의 입에서 어떤 말이 튀어나올까 숨을 가다듬으며 집중한다.

"출튜?[22] 이렇게 딱 두 글자면 돼. 월매나(얼마나) 경제적이고 훌륭허냐, 잉?

앉아 있던 우리는 책상을 두드리며 열기에 달아오를 대로 달아오른 뻥튀기 기계에서 광밥[23])이 터지는 듯한 웃음소리를 내뿜는다. 복도 유리창이 흔들거릴 정도였다. 그가 열강하며 두 손을 쫙 펴고 홰홰 내저을 때는 우리 앞바다에 설치한 살[24]에 걸려 퍼덕이는 사시랭이[25]보다도 더 활기가 넘쳤다.

선생님, 여기까지가 페이스북에 올린 글입니다. 저보다 더 또렷하게 선생님에 대해 알고 있는 친구는, 국어를 전공하신 선생님께서는 팽창하는 표준말에 밀려나는 지방 언어에 대해 안타까워하시며 충청도 말 연구에 천착하셨다는 말을 전해주었습니다. 저 역시 대학에서 국어국문학을 공부했고, 지금까지 대부분의 세월을 고향에서 살아오고 있습니다. 예전 선생님의 수업은, 한 공간에서 태어나서 그곳의 사물과 사건 그리고 생태적 지혜를 표현할 수 있는 언어야말로 함께 살아가도록 운명 지워진 인간의 핵심 매개체라는 걸 깨닫게 해주었습니다. 표준어의 팽창에 우리의 지방 언어가 사라지는 지금, 구락쟁이[26]에 남아있는 불씨 같다는 생각도 듭니다.

앞으로 저는 역사적 의미와 생태적 지혜가 담긴 우리 고장 서산. 태안 사투리를 정리하고 구슬을 실로 꿰듯 이야기로 엮어보려 합니다. 예전 선생님이 우리에게 열정적으로 수업하시던 때를 떠올리며 시간을 아끼며 약빨리[27] 노력해 보겠습니다.

이끔[28] 선생님은 이 편지를 받을 수 없는 곳으로 옮겨 가셨을지도 모르겠습니다. 하지만 이 편지는 선생님의 우리 고장 말에 대한 사랑과 열정적으로 알려주시려던 의지에 대한 헌사이니 어느 곳에 계시든지 받아주시길 소망합니다. 선생님의 그 모습 오래도록 기억하겠습니다.

선생님, 고마우유.

⁑ 자기 소개

**이희출** | 아름답고 풍요로운 갯벌이 있는 충남 서산 부석면(浮石面)에서 태어났습니다. 대학에서 국어국문학을 공부했습니다. YMCA에서 일했고. 서산태안환경운동연합에서 일하고 있습니다. 에세이스트 121호 신인상으로 등단했고, 풍요롭고 건강한 터전이었던 고향을 그리워하는 생태 에세이집 『민원아, 꿩알 주우러 가자』를 출간했습니다.
(편집자 주: 책이 좋다고 소문났습니다.)

〖서산말 풀이〗

1) 60에 뿔이 조금 돋아난 나이: 60이 조금 넘은 나이
2) 갯반닥: 갯벌
3) 아홉 매: 아홉 물
4) 내둥: 그 동안 여느 때처럼
5) 시절텡이: 좀 어리석은 사람을 지칭
6) 개갈딱지 읎는: 흐리멍덩하게 구는
7) 갈량: 판단하다. 평가하다.
8) 눈꼽찌렝이: 아주 조금
9) 으진: 마치, 흡사
10) 난쟁이똥자루: 똥똥하고 자그마한 모영
11) 내남보살: 알면서 모른 척 하는 사람
12) 눈을 씽끗도 않고: 전혀 개의치 않음
13) 메텡이: 커다란 나무망치
14) 훌티려대는: 낟알이나 열매를 마구 따냄
15) 암체두: 아무래도, 어차피
16) 심서리: 경험 많고 능숙한 사람
17) 깐보는: 얕잡아 보는
18) 농집내며: 마구 짓밟아 놓음
19) 먹다 냉긴 떡: 어렴성 없이 대할 수 있는 사람
20) 가구도 읎고: 전혀 근거가 없는 일
21) 개갈딱지 안 나는: 명료하게 구별이 안 되는
22) 출튜?: 추실까요?
23) 광밥: 튀밥
24) 살: 갯벌에 설치한 정치망(定置網)

25) 사시랭이: 어린 꽃게

26) 구락쟁이: 아궁이

27) 약빨리: 부지런히

28) 이끔: 지금

# 사시던 고샅을 여간 세세허게 보고해 드링만요

조성국 (광주)

## 첫 소식, 염주동 생가 가는 길

그간 별고 없으시지라. 모처럼 문안 드릴랑께 쪼까 켕기요만, 얼마 안 있으면 지삿날도 다가오고 그래서, 살아생전 눌러 사시던 본가에 살짝 한번 둘러보러 가는 길이어라. 핑하니 자동차 타고 갈 적엔 잘 몰랐는디 싸묵싸묵 걸어서 간께, 여긔 저긔 다 뵈고, 요것 저것 별별 생각이 다 듭디다. 아부지 엄니도 잘 아시다시피, 어른 팔로 다섯 아름이나 된 풍채의 나이테 기피 오백 먹은 마을 대소사를 몽땅 새긴 핑나무, 그 당산 말에 빨간 기와집인 생가를 찾아가다 본께, 몇 갈래 길이 꾸불꾸불 펼쳐져갔꼬 슬슬 따라가봤지라.

지일 먼저 까치고개 아테나산자락 휘감고 허천나게 우거진

삐비꽃의 공동뫼똥 덕림재를 가로질러서 수박등을 헐레벌떡 넘어가 보고, 또 양동 닭전머리 돌고개 쪽 길도 쭉 따라가 본께, 철조망 너머 덩치 큰 셰퍼드가 시퍼런 눈구녁을 확 뜨고 왕왕 짖어 대는 미국 선교사의 언덕빼기 희깐 집이 떠오릅디다. 또 만화책을 빌려 본데끼 슬슬 주인 눈치를 살펴감서 얼능 뚜룩쳤던 땡이만화집과 대목 가래떡을 뽑던 신촌 마을의 방앗간도 생각납디다. 글고 맨날 하굣길의 책가방 꼬붕을 살았던 월산마을도 살짝 찾아가봤지라.

긍께 내 생각으론 정월 대보름쯤 아닌가 싶은디, 똥개 새끼도 지 집 앞에선 심 받아 더 쎄게 짖서 대고 사납게 지랄을 부려쌓듯기 글쎄, 마을 들입길을 딱 가로막고 지키고 섰다가, 맬겁시 붙잡아 쥐알려박고 꼬붕을 시켜먹던 웬수 같은 월산마을 아그들과 앙앙불락 독싸움을 한바탕 벌리는디, 느닷없이 커브를 그리며 날아드는 동글납짝한 돌팍을 미처 피하지 못하고 때려맞은 대구빡에다 된장 발라 보자기 감싸 묶고, 휙휙 불깡통을 돌리던 쪽돌댁의 밭머리를 웃음시롱 지나왔지라. 또 학교 파해서 십리도 넘는 동구 밖 길을 털래털래 걸어서 오는디, 태워 주도 않고 흙먼지나 폴폴 날려감서 그냥 지나쳐가던 말 구르마 얄미워, 꼴린 말 좆에 한 움큼 세목새를 뿌려 오므릴 수도 없게 샘통을 부렸던 탱자울집 번죽개를 에돌아서 말이어라.

가물가물 흐려지는 기억이지만 새물내 풍기는 신앙촌 물색을

팔던 전도관과 파릇파릇 돋아나는 새순의 힘에 뽈강 들려서, 지일 먼저 살얼음이 빠개지던 미나리꽝과 푸하얗게 학이 날아들던 똥뫼 초입의 주막샘 뽀짝, 마애에 갇힌 선각의 부처가 행감치고 앉아 시줏돈 내놓으란 듯기 외약손바닥을 쫙 펴서 벌리고, 오른쪽 손으로는 꾸부린 가운데손꾸락을 엄지손꾸락 끝으로 꽉 누른 채 마빡을 때리는 시늉을 해서, 곧잘 돈 낼래 군밤 맞을래, 놀게 먹으며 지나왔는디요. 얼추 이마빡 땀 딲으며, 여릿한 찔레 순 꺾어 먹으며 쩌기 방죽보 아찔한 다릿거리 보성굴을 쳐다보는디, 너머 켠 어리중간쯤에 붉덩물 네모시암이며, 거마리 들끓던 도깨비샘이며, 하필이면 머리가 헤까닥 돈 광주댁이 왜 쌔바닥을 콱 깨물고 빠져 죽어부렀는지, 궁금한 버선샘도 보였단께요. 글고는 또 깨구락지 헤엄을 치며 멱 감았던 두어 개의 이름 없는 뜸봉을 지나 열댓 명 식구덜이 우글우글거리는 홑겹 양철지붕의 단칸방 옆으로 논두렁 오르막을 포도시 올라 채니께, 아카샤 우거진 방죽의 둑방숲이 나오고, 그 숲에 흐르던, 전도나온 여름성경학교 여학생의 해맑은 찬송가를 회억함시롱 나는 폴쎄 비석 많은 지당 죽장거리로 접어들어단께요.

이 길짝은 송정리 쪽에서 잿등고개 넘어오는 지름길인디, 말 많은 남로당 당수 박헌영 씨가 숨어 살았다던 붉은 쭈시밭의 벽돌공장을 지나, 생솔가지 꺾던 지 누이를 자빠뜨려 겁탈한 산감한테 쇠낫 들고 징하게 덤벼들다 잡혀간 꾀복쟁이 친구의 소년 형무소를 거쳐, 냅다 굿잔등 감싸 쥔 채 똥구뎅이 많은 방구동 깔끄막 고갯길로 숨차 올라챘는디. 쌀짝 쳐다보기만 해도 근지러운 개옻나무 피해 허겁지겁 논건너 솔수펑이 가로지른께 천둥시암이 뵈고, 한여름에도 손 시린, 생각만 해도 으슬으슬 닭살이 돋는 그 시암가에 엉거주춤 쭈그려 앉아 쉰내 핑기는 꼬랑내를 씻고 나면, 폭풍우 씻긴 붉보드라운 황토에 도드라지던 파란 녹의 청동 칼빈 총탄과 아카보소총의 탄알이 허벌나게 구들거리는 짜구대밭머리 선잘동이 손에 잡힐 듯 선하였단께요.

이쯤 해서 다래 머금은 목화밭의 도감넘이 지풍골에 옴팍하니 자리 잡은 독부처 한 분이 반개한 눈을 묘하게 뜨고 실웃음 치며, 시도 때도 없이 시주와 공양을 받던 독암사가 보이고, 은근살짝 커다란 젓통을 윗도리 새로 삐져 내놓고는 탁주잔을 이물 없이 건너던 과부댁 종례네 점방도 살며시 생각납디다.

여짝에서 또 한 백 보쯤 떨어진 건너편으로 가다 본께. 퇴로 끊긴 일본군놈덜이 숨어 살았다는 토굴 뒷고샅이 거멓게 눈에 띄고, 닭목아지를 낚아채던 살쾡이 송곳니처럼 대뿌리가 벙글써하니 삐져나온, 그래서 늘 소름이 오싹 돋던 거기를 다 지나면 희다 못해 옥양목처럼 연둣빛 감도는 자두꽃 어린 다락방, 코딱지만 한 봉창만으로 청청 하늘이 죄다 보이는 여그가 바로 염주마을 생가인디, 수십 년씩 묵은 장작더미에 황구렝이가 햇빛을 감아 돌며 등줄기를 자르르 빛내듯기 모쪼록 문안 가는 길이 이다지도 멀고 참 질기도 합디다.

가까스로 굽이굽이 누비어 가듯 해찰을 일삼아 가도 한 오륙십 년은 족히 걸리는 이 길이 새삼 살갑고도 눈물 매렵고, 눈물 매렵고도 살가운 건 내 탯줄을 묻었던 본가의 옛집을 까먹을 만치 하루도 강렬한 생을 살지 않으면서 이미 한물간 내가 지금 여기 이르는 까닭에 언친 듯기 맴이 까깝해집디다. 나도 모르게 이렇게나 팍 늙어빠진 내가 너무 얼척 없어서 그런갑습디다.

## 두 번째 소식, 엄니 아부지의 집과 고샅

아무튼, 핑하니 집 안을 한 바쿠 삥 둘러봤는디 꺼덕없습디다. 삘갛게 단물 들고 깡깡한 걸 골라 따서 노놔 먹을 재미로 애오라지 그 생각만으로 올라가 나궁글고 말았던 아부지의 감낭구도 해거리 없이 겁나 열렸습디다.

얼릉 한 개 따서 한 입  비어묵음서 생각해 본께, 한 접은 내가 가져오고, 한 접은 장조카가, 또 한 접은 매부가 갖다 먹어도 남을 성 시픕디다.

집 없는 밑에동생도 챙겨 먹으며 공꼇으로 빌려 쓴 듯기 눌러 사는 생가의 그 낭구랑 잘 놀고 있습디다. 뻰질나게 까치 까막이 찌르레기 어치 통 이름 모를 텃새도 시시때때로 댕겨갔다고 한께, 혹시라도 빈 집으로 놔둘깜시 염려하는 그런 걱정은 안 해도 될 듯 싶습니다. 감 따다 사다릴 헛디뎌 목뼈 뽕그러진 아부지만 큰 빙원 가선 돌아오지 않았을 뿐입니다.

연로에 합병증까지 도져 화장한 뼛가루로나 잠깐 둘러보던 뒤안 텃밭의 감낭구, 서럽듯기 복받치는 꼬라지에 몇 번이나 톱으로 칵 썰어불고 확 비어버릴까 싶다가도 여줄가리 잡아 휘는, 곧 찢어질 듯기 주렁주렁 매달린 어깻죽지에다 가만 지짓대를 받쳐주던 아부지 생각만 하기로 했던 건 당분간 아부지 부재를 추인하기 싫어서랑께요.

내 깐에는 엔간치 집을 둘러보고 나서다 본께 글쎄, 집에 올 때 못 봤던 얼굴이 얼핏 눈에 띕디다. 가만 보니까, 엄니 아부지도 잘 아는 분들입디다. 인자 몇 분 안 남은 동네 토박이 어르신들인디, 아직까진 썽썽해 보입디다. 장자울댁과 달아실댁과 주동댁과 고래실댁 네이서 당산 가생이 평상에 퍼질러 안거 마른 멸치를 까고 있습디다. 모른 채 하고 그냥 지나쳐가불라다, 엄니 아부지 욕 멕이기가 싫어서 얼능 입맛 다실 주전부리 몇 조금 사서 갖다 드렸더니 이가 빠진 입과 볼이 우므러진 말로 사삭스럽게 좋아들 하십디다. 그래서 그냥 가면 느자구 없다, 할깝시. 뽀짝 넙덕지를 갖다 대고 안거 말대접을 해갑서 들어본께, 별리 별것들을 솔찬히 다 알고 있습디다.

날 지난 그간의 신문지를 깔아 한 포대기 부서놓고 한 마리씩,

한 마리씩 일일이 까가며 머리는 머리대로 똥은 똥대로 발라내며 모태 둔 근래의 신문기사 활자만치나 이런저런 말거리를 고시랑고시랑 늘어놓습디다. 옛날처럼 암것도 모르고 사는 줄 알았는디, 시상만사 다 꿰뚫어 보고 있습디다.

"긍께 말이시, 말바우댁 손자는 갈라섰드마. 어지께 재혼할 여자를 데리고 왔는디, 귄 있어 뵈고 궁둥이가 안반짝하니 둥실한 게 애기를 쑥쑥 잘 낳게 생겼든마. 큰아들네미 따라 서울로 올라간 팔순네가 죽었다는디, 아, 글쎄 속고쟁이 쌈지에 오만 원짜리, 만 원짜리가 허벌나게 나와부렀다드마, 자슥들이 둔 용돈을 모태 집에 내려오면 삼봉 민화투 치며 자랑칠라고 그랬는갑인디, 재미도 못 보고 죽어부러서 우짜쓸까이!"

십팔 번 노랫가락 마냥 연분홍 봄바람도 불러감서 대문짝만하게 올라온 헤드라인의 재밍이는 형무소에 갈까 궁금하고, 목에 칼침 당하는 암살에 치를 떨며 심려하고 "좌우간 이놈 저년 할 것 없이 오실랄놈들이여, 석렬이 마누라처럼 야시시하든디, 불여시가 여러 마리 들어앉아 브렀다드마. 긍께로, 요술부리듯 숟가락 젓가락 휘는 건 암껏도 아니랑께. 서울 양평 간 고속도로 끄트머리가 꼬부라져 분 것 잔 보소. 어디 그것 뿐이간디, 명품가방 금두꺼비 받는 것이며 주가 조작한 걸 검찰 놈들이 다 봐주어버렸는디 제아무리 특검인가를 해봤자 뭔 소용이단가. 지가 대통령이랍시고 개폼 잡으며 싫다고 거부권을 막 써버리면

그만이제."

"멧돼아지 만치로 낯바닥 쳐들고 거짓갈 치면서 비상계엄인가 선포하고 총 든 군인들을 시켜서 국회의사당 깨부수라고 해놓고, 지는 집구석관저 비탈길에다 바리케이드 쳐놓고 무장 경호원들 사이에 꼭꼭 숨어서 국민덜 패싸움이나 시키고 그러제만, 지가 암만 용을 써봐도 별 수 있단디. 가만 지켜 본께, 손녀 같은 아그들이 응원봉을 반짝반짝 들고나와 아니 동네방네 죄다 모여 신나게 노래부르믄서 처단한다고 한께, 얼마 못 갈 것이여 암만. 글고 또 시방 국민덜이 바보 멍충이간디, 잘못만 보이면 들고 일어나잖애. 얼마 전에도 한꺼번에 촛불 들고 난리 치는 것을 지비들도 봤제."

나라 대소사까지 어우렁더우렁 늘어놓던 야그거리가, 어느 틈새 까만 똥 되어가고 목 떼어진 대가리가 되어서 둘둘 만 신문지에 꾸려져 버려지고 살점만 소복소복 쌓여갑디다. 그렇게 마른 멸치 두 포대 거즘 다 까지고, 꾸려져 내버려진 신문지를 치우 듯기 일어서 간다고 한께, 얼른 깐 멸치 겁나 싸준시롱 지삿날에는 꼭 지비들 대신 술 한잔 합동으로 치고, 엄니 아부지께 안부 좀 꼭 전해달라는 말도 빼놓지 않습디다.

여그까지가 아부지 엄니가 그간 못다 보고 간 이승의 일을 쬐끔 고해바친 것이고라, 쌓여 소복한 멸치 살점 같은 말마따나 요즘 지상의 신문지에는 구치소에 잡혀갔어도 빤스만 입고 큰 대자로 뻗어 눕거나, 의자에 찰싹 달라붙어 개기던 윤가 대통령이 법정에 불러 나와서 짜잔하게 지 여죄를 질질 끌며 변명하듯 둘러대며 지 편인, 같이 일을 저지른 내란 공범 쫄개들한티 둘러씌우기 일쑤지만, 사형이나 무기징역을 피하기는 어려울 것 같습디다. 물론 주가조작과 보석 목걸이 명품가방 등을 수수했다는 혐의의 그 작자의 내자도 마찬가지로 중형을 면치 못할 거라고 사삭스럽게 대서특필 떠들어 댑디다.

추신, 염주하네

그래도 나를 끝까지 배웅해준 건 당산 팽낭무 뿐입디다. 모르긴 몰라도 시방 마을에서 나잇살이 지일로 많은 그 양반이 이 먼데까장 높이 똑바로 서서 바라봄시롱 묵묵히 바래다 주는디, 나는 그를 염주하네라고 부르며 신목(神木) 같이 머릴 조아린당께요. 숯검정 부삭처럼 퀭하니 뚫린 밑둥치 구녘에다 우레탄폼 덩어리를 디지게 처바르고 솔찬히 오래 버티는, 아득바득 견디는 풍신이야말로 외려 나긋나긋하여서 어떤 풍우대작 치르더라도 꺾인 법 없이 떡하니 제자릴 지키는 그 하네가요, 마실 한가운데 몽긋이 끝이다 싶을 생을, 덧없는 세월을 날날이 헤아려 보기도 한당께요. 조용하게 숨죽이며 허릴 구부려 키우던 그 그늘, 몸

통 속 지피 까치 일가를 깃들이고, 이따금 다람쥐 멧비둘기, 밤도와 소쩍새 부엉이 불러들이고 마실 온 해와 달과 별빛도 걸터앉쳐 빛살 광배를 휘두르면서, 내 본적의 인륜대사와 잡사까지 여전히 관장 하듯기 그렇게 결삭아가는 걸 지켜본 나로서는 항시 싱싱, 한껏 푸르게 환해질 수 밖 없는 근본이 늘 거기에 있음을 단 한 번도 부인하지 않았당께요.

⁂ 자기 소개

**조성국** | 전라도 광주 염주마을에서 귀떼기가 빠져부렀구요. 시인 흉내쪼까 내며 아무 일도 하지 않고 게으름 부리며 놀다가, 이따금씩 어디 농본의 산골짝 마을 학교와 길작은 도서관에 들려 시력이 약해진 할메들한티 동화책과 동시를 읽어줌시롱 시를 쓰게 하고 또 동아시아 피가 흐르는 아그들과 보대끼며 잘 어울려 놀기도 합니다. 빈둥빈둥 놀고 먹음서 시방까지 시집 서너 권과 동시집, 글고 국가 폭력으로 저질렀다고 생각하는 의문사의 청년 열사 이야기도 지었습니다.

# 보고졍헌 농옥씨

소나무 (제주)

이제라가난 얼굴은 이져불어 졈쥬마는 아멩 오래되어도 한여름 내내 입엉 다닌 옷, 그 삼베옷은 잘 기억나예. 거기서도 그 옷 입엉 여름을 보내멍 살암신가 마심. 속이 다 비치는 곱닥헌 삼베옷 입엉 이 올레 저 올레를 한들한들 걸어다니멍 살암신가마심. 경허당 올레 혼디 쓰는 괸당네 소나이랑 밤을 지냈댄 소문도 나곡. 경허영 농옥씨가 낳은 자식 셋 중에 하나는 아부지가 다르댄도 허곡. 경해도 여름 내내 한들 한들. 놈들은 먹고 사느랜 아무리 바쁘게 일해도 부자인 친정어멍이영 시집 간 뒤에도 고치 살멍 매날 매날 한들 한들. 일이라곤 가끔씩 밥상에 보리밥 지성 올리는 게 전부인 채로 한들한들.

지금도 일 년에 혼 번은 농옥씨의 제사상을 촐리는 옥순씨는 일 안 허는 날이 하루도 어신 사름인디 달라도 너무 다른 농옥씨를 시어멍으로 모셩 사는 동안 벨벨 생각을 몬했젠 이상헌 게 한

두 가지가 아니었젠 매날 고라예.

아멩 부자라도 경 일도 안허고 이녁만 알멍 살았쟀. 이녁 허고정 헌건만 허멍 살았쟀. 놈이 뭐랜 해도 놈이 뭐랜 헐 일만 허멍 살았쟀. 경허멍 기도는 부지런히 허래 다녔댕. 써도써도 남는 재산을 끝내는 어느 허드렁헌 예배당에 갖다줘 부렀댕. 일찍 죽은 큰아들네 손지가 넷이고 그 넷을 혼자 키우는 맡며느리 옥순씨 고생은 본척도 안행 끝가지 이녁만 위허멍 이녁 허고졍헌대로 허멍 살았쟁.

현증조고학생부군신위

현증조비유인강씨신위

어느새 농옥씨 지방지를 쓴 지 이십 년쯤 되어가는 거 닮아예. 아들 없는 집이라 양자도 들였지만 그 양자가 제사를 못 지내캔 해부난 며느리 옥순씨가 지내던 제사를 손지인 나가 지냄쥬 마심. 지방지를 한글로 쓰고 상에 올리는 메, 갱, 고사리, 생선, 고기적, 과일 같은 음식들도 호끔씩만 햄주만은 농옥씨 생각은 하영 허멍 제 지냄수다. 부잣집 딸로 나그냥 부잣집으로 시집강 이녁 허고정 헌대로 살았댕은 허는디 벨로 좋은 시절을 살지도 못했고 경 좋을 것도 어신채로 산 건 아닌가 하는.

옥순씨와는 다른 마음으로 농옥씨를 생각하기 시작한 건 대학에 들어간 다음이었지 싶습니다.

그때까지 까맣게 몰랐던 4.3을 처음 알게 된 무렵이었지요. 광복 후인 1948년부터 한국전쟁 시작 무렵까지 3년에 걸쳐 제주 거주 전체 인구 10만 명 가운데 3만 명이 사망한 비극적인 일. 세 명에 한 명은 목숨을 부지하지 못했던 4·3 격랑에 농옥씨의 남편과 시동생도 휩쓸려 세상을 떠났다는 걸 그제서야 알았습니다.

가족을 잃고도 연좌제와 두려움 때문에 입 밖에 내지 못해 온 채로 묻혀있던 그 일은 수십년이 지난 다음에야 말해질 수 있었고 (국가폭력으로 인정되고 정부와 대통령의 사과를 받게 된 것은 한참 더 지난 최근의 일이지요) 저 역시 대학생이 되기 전까진 농옥씨를 불행으로 몰아넣은 그 사건을 모른 채로 자랐던 거지요.

부잣집 철부지로 자라 당시 풍습대로 어린 나이에 결혼한 농옥씨는 첫 아이가 다섯 살쯤 그 아래로 더 어린 아들과 딸이 있을 무렵에 혼자 남겨졌지요. 여자에게 허락된 일이 별로 많지 않았던 시절 남편 없이 어린 아이들과 살아가야 했던 젊은 여자는 어떤 선택을 할 수 있었을까 가끔 생각합니다.

한들 한들 속이 다 비치는 삼베옷을 여름 내내 입고 온 동네를 누볐던 젊은 여자의 가슴 속에서 불타올랐을 원망을 아주 조금은 볼 수 있었던 것도 같습니다. 아버지가 다른 아이를 낳았다는 농옥씨를 둘러싼 소문에 관대한 마음을 갖게 된 것도 그 무렵이었습니다. 막내였던 고모가 위로 두 오빠와는 아버지가 달랐다는 소문이 사실이었대도 나는 농옥씨를 응원하기로 합니다. 젊었고 고왔고 슬펐고 외로운 여자에겐 하고 싶은 대로 할 권리가 있어야 합니다. 잘하셨어요. 살아내신 거. 하고 싶은 대로 살고 싶은 대로 소문을 무서워하지 않고 살아서, 그래서 농옥씨는 끝내 살아갈 수 있었을 테니까요.

나의 어머니이자 당신의 며느리인 옥순씨는 '원망'을 선택합니다. 농옥씨를 원망했고 남편을 원망하고 자신의 박복을 원망하며 살아냈지요. 농옥씨 당신은 큰아들인 내 아버지에게 사랑을 주지 않았다지요. 다정한 엄마가 아니었다지요. 부자였지만 큰 아들인 아버지를 학교에도 제대로 보내지 않았다지요.

그런데도 심성이 착했던 아들은 온 집안 농사일을 어려서부터 해냈고 동네에 초상이 나면 제일 먼저 달려가 시신을 수습하고 영장 치르는 일을 도맡을 만큼 다정했다지요. 동네 친구로 자라 아내가 된 내 어머니에게도 더없이 다정했지만 어쩐 일인지 스스로 목숨을 끊고 일찍 세상을 버렸습니다. (아버지의 죽음에 어린 시절 겪은 4·3이 아무 영향이 없었을까, 가끔 생각하게 되기도 합니다.)

비 내리던 5월, 어쩌자고 내 여섯 살 생일에 아버지는 삶을 버렸고 그때 옥순씨는 농옥씨처럼 젊었습니다. 돌봐야할 어린 자식들이 넷이나 딸려 있었지요. 그래서 결심했나 봅니다. 세상 모든 것을 원망하기로 그렇게라도 살아내기로. (아버지와 가장 닮았다는 이유로 딸 넷 중에 나를 가장 미워하는 선택도 그 시절에 시작됐습니다. '놈 다 퍼주당 거지꼴 낭 죽을' 거라나요)농옥씨 당신이 소문을 두려워하지 않는 화냥기로 삶을 버텼다면 옥순씨는 저주와 원망으로 세상을 견뎠습니다. 다행입니다. 살아냈으니 살아가고 있으니 그것으로 됐습니다.

현고학생부군신위

생일이면 어김없이 아버지의 지방지를 씁니다. 아들 없이 세상을 떠난 아버지의 제사를 맡기려고 양자를 들였지만 세상 일이 어디 뜻대로 되던가요. 일주일 가까이 온 동네 사람들이 모여들어 장례를 치르는 '대상'에 사망 1년 뒤에 치르는 '소상', 사망 후 3년 동안 달에 두 번 상을 차려 올리는 '삭망'까지 마치고 나자 세상이 달라졌습니다.

사는 동안 이웃과 동네를 위해 궂은일을 마다하지 않았던 그래서 친구도 많았던 아버지가 사라지자 아버지의 세상도 사라졌습니다. 어머니가 아버지의 자리를 대신해야 했을 때 아버지의 친구였다는 사람들은 갑자기 우리 가족을 모르는 사람처럼 대합니다. 친구란 가족이란 그토록 허망한 것이구나, 생각하게 됐던 것도 같습니다.

그 때문일까요 나는 가족을 만들지 않았고 친구와도 썩 잘 지내는 편은 못됩니다. 이렇게 제 나름의 생존법을 만들어 나가고 있는 거겠지요. 괜찮습니다. 살아내고 살아가고 있으니까요.

보고정헌 농옥씨.

얼마어성 옥순씨의 생일이라예. 이젠 딸이 끓여주는 미역국도 하도 먹엉 귀찮댄 허멍도 팔순 넘엉 구순 가까이까지 밥도 허곡 집안일도 허곡 우엉팥 농사도 허멍 잘 살맨예. 미운 시어멍을 떠올리멍 욕허는 것도 계속 햄고예. 호꼼씩은 좋은 말도 헙니다. 고운 짓은 하나도 안 했쥬만은 보리밥은 진짜 맛좋게 지었잰. 그츄룩 맛존 보리밥은 먹어본 적이 없댄. 농옥씨가 헌 보리밥에 자리젯만 이시민 밭일 허영 어서진 기운이 확 생겼잰.

살암십서. 곧 봐질테쥬마씀. 여기서 잘 살아시민 거기서도 잘 살암실테쥬 살당살당 여기서 만낭 거추룩 거기서도 만나질테쥬. 그때도 한들 한들 속이 다 비치는 좋아하는 삼베옷을 입고 이 올레 저 올레 내키는 대로 돌아다니멍 살암실테쥬. 놈들이 뭐랜 해도 허고정 헌대로 살테쥬. 경 살암십서 곧 보래 가쿠다.

⁑ 자기 소개

**소나무** | 본명은 진명희입니다. KBS 환경스페셜, EBS 하나뿐인 지구, KTV DMZ 공존, MBC 수어 나의 모국어, SBS 글꼴전쟁 등 100여 편의 다큐멘터리를 기획하고 집필. 한국방송작가협회 회원.

비음성언어를 통한 소통을 흥미로워하고 비인간 생명체와의 교감에도 관심이 큽니다.

제주엔 3백 개가 넘는 오름이 있고 오름 숲이 내주는 으름과 삼동과 촐 덕분에 살았던 기억을 품고 있습니다.

지금 사는 고양시에도 산과 숲이 있는데 숲을 없애고 골프장을 짓겠답니다. 반대!!!

산황산 골프장 반대 시민모임에 동참하며 3회차 〈산황산영상제〉를 궁리하고 있습니다.

【제주말 풀이】

- 보고졍헌: 보고 싶은
- 이제라가난 얼굴은 이져불어 졈쥬마는 아멩 오래되어도: 이제 얼굴은 잊어버렸지만 아무리 오래 되어도
- 경허당 올레 혼디 쓰는 괸당네 소나이랑: 그러다 한 골목에 사는 친척 남정네랑
- 출리는: 차리는
- 아니었젠 매날 고라예: 아니었다고 맨날 그래요
- 허드렁헌: 쓸데없는
- 이녁만 위허멍 이녁 허고졍헌 대로 허멍 살았쟁: 자기만 위하면서 자기 하고 싶은 대로 하며 살았지
- 지냄쥬 마심: 지냅니다
- 호끔씩만 햄주만은: 조금씩만 하지만
- 놈 다 퍼주당 거지꼴 낭 죽을: 남에게 다 퍼주다가 거지꼴 되어서 죽을
- 곧 봐질테쥬마씀: 곧 만나겠지요
- 경 살암십서 곧 보래 가쿠다: 그렇게 잘 살고 계시면 곧 보러 갈게요
- 살당살당 여기서 만낭 거추룩: 살다가살다가, 여기서 만난 것처럼

# 마음

초판 1쇄 발행 | 2026년 1월 27일

엮은이 | 조　정
펴낸이 | 만해학회
편집인 | 이용헌
펴낸곳 | 도서출판 님Nim
주　소 | 서울특별시 관악구 남부순환로266길 21
편집실 | 서울특별시 중구 을지로14길 8, 618호
전　화 | 02-2265-2950
이메일 | de2950@naver.com
등　록 | 2024년 1월 18일 제2004-000058

ISBN 979-11-993945-1-3 03810

값 12,000원